U0055872

朵朵相遇小語

每一個別人，都照見了自己

朵朵 著

朵朵小序

每一個別人，都照見了自己

人與人之間，不過是萍水相逢。

因為風的吹拂、水流的力量，以及其他各種奧妙不可知的因素，一片浮萍遇見了另一片浮萍。

在此之時，同樣因為各種因素，一片浮萍離開了另一片浮萍。

來來去去，分分合合，一切都是偶然與巧合，一切也都是必然與注定。

為了這樣的來去分合，所以有了種種人間的悲歡離合，也有了種種人際關係的喜怒哀樂。

這本小語想說的，就是關於人與人之間的各種相遇，相遇而來的各種關係，以及面對各種關係時的自處之道。

人生充滿了偶遇的關係，親近的關係，善意的關係，惡意的關係，斷捨的關係……而所有的關係，最初都是從和自己的關係開始，最後也都要回歸於自己的內心。

因此所有的相遇，其實都是與自己的相遇。

＊

有一句話是這麼說的：「外面沒有別人。」

可是怎麼會沒有別人呢？旅行會遇到別人，工作會遇到別人，散步逛街搭車買東西都會遇到別人，只要出門，到處都是別人，即使不出門，家人也是別人，為什麼說外面沒有別人？

因為外在世界是內在心靈的投射啊，你的心裡有什麼才會看見什麼。你對別人的感覺是你自己心裡的感覺，你和別人的對應也是你與自己的對應，所以外面沒有別人，只有自己。

或者該這麼說：「沒有別人，也沒有外面。」

想想看，你是不是在傾聽別人的心聲時也聽見了自己？是不是在關心別人的處境時也深入了自己？別人的存在是不是讓你更意識到了自己的存在？

是的，我們總是在瞭解別人的過程裡更瞭解自己，也總是在與別人相遇之後更懂得如何與自己相處。

換句話說，無論你遇見的是誰，其實都是遇見自己，也因此，當你與別人的關係發生問題時，唯一的途徑就是回到自己的內在來尋找答案。

親愛的，每一個別人都是一面鏡子，讓你照見了自己，而那一切人際關係的發生，那些是是非非恩恩怨怨，從頭到尾也都在自己的內心。

＊

在這本書裡，蒐集了絕版的朵朵小語中，關於人際關係的篇章。全本一共有一百八十八篇，是有始以來篇數最多的一本。在內頁上捨棄了過去圖文並陳的方式，把絕大部分的空間都還給文字，偶爾穿插的圖片則選擇光的主題，希望能呈現清爽明亮的光感。書封上的副書名與作者名也延續了過去幾本小語的朵朵手寫風格，期盼能傳遞心手相連的溫度。謝謝責編承歡與美編昱琳的用心，讓這本小書有了它該有的美好樣子。

親愛的，更謝謝你翻開了這本書，但願它能給你一些心得與領悟，讓你不管遇見什麼人，都能照見內心的自己；也但願你與他人的每一個相遇，都是自在的相處，在遇見時歡喜，當離別時亦不必傷心。

Contents

卷一

偶遇的關係

—卷二—

親近的關係

—卷三—

善意的關係

卷四

惡意的關係

卷五 斷捨的關係

卷六 自己的關係

卷一

偶遇的關係

親愛的，你會如何看待那些在你的生命中，
與你錯身而過的人呢？

生活中處處有如詩如歌的緣分，
瞬間相遇，瞬間別離。

處處都有美好的相遇

你看見一朵花，喜歡她的美，雖然你不知道她的芳名，卻一點兒也不會影響她在你心目中迷人的模樣。

遇見她，讓你一整天心裡都有芬芳的香氣。

就像偶爾和你在路上交會的那個陌生人，雖然你不知道他是誰，但你就是喜歡他臉上的微笑和安靜的表情。

遇見他，讓你一整天都懷抱著一個愉悅的秘密。

美麗的花不必插在水瓶裡，美好的人也僅止於一個錯身就可以。生活中處處有如詩如歌的緣分，瞬間相遇，瞬間別離。

看見的與看不見的

你要如何認識一朵玫瑰花呢？

也許你可以把她送進實驗室，然後分析出一堆化學元素，但是再精細的報告也不是那朵花。

你要如何懂得一個人呢？

也許你可以列出他所有的條件，包括身高體重、學歷經歷、興趣嗜好，但是再詳細的資料也不代表就是那個人。

一朵玫瑰的精華，在於她無法被分析的美感和香氣。

一個人的獨特，也不在於他可以被看見的條件，而是他不能被看見的靈魂。

安靜也是一種語言

言語常常是為了填補一些空白，一些裂縫。

因此，當兩個人在一起，說話往往不是為了思想的交流，而是打破尷尬。

但離開對方之後再回想說過的那些話，才發現絕大部分都是廢話。

更糟的是，言語有時不但沒有化解尷尬，反而蔓延了更多的空白，拉扯出更深的裂縫。

其實，安靜也是一種語言，而那些沒有說出口的部分，更是耐人尋味。

所以，親愛的，太多時候，與其多說，不如少說。

如果欲言又止，那麼，微笑就好，什麼都別說。

看人要看他的眼睛

一張從來不見淚痕淌過的臉，就像一片從來沒有雨水滋潤的沙漠，但那雙眼睛後面卻可能隱藏著一座水源，如果沿著水源往前走，說不定會在那裡發現一片美麗的綠洲。

相反的，一張總是發出誇張笑聲的嘴，就像一支單人馬戲團那樣熱鬧滾滾，但那後面連結的卻可能是一口枯井，反覆不斷的笑聲不過是井底空洞的回聲。

親愛的，看一個人，別看他的表情，要看他的眼睛，因為只有眼睛才會連接一個人的心。

心中有花就看見花

經過他的身旁時，你看見他瞥了你一眼。通常，這樣視線的交會倏忽即滅，在兩人錯身之後就會立刻被你遺忘。

但是，你今天的心情有點不一樣，所以他的眼神也就不一樣了。

那是一個愛慕的眼神嗎？你不禁飄飄然了。

或者，那是一種敵意的眼神？你忽然感到某種戒備。

其實什麼都不是，就只是單純的一瞥而已。但你卻為了別人一抹無意的眼神，暗暗在意了許久。

世事往往無所謂好壞，是你賦予了它們不同的解釋，才有了不同的感受。

親愛的，當你心中有花，看見的就是花。若你心中有劍，看見的就是劍。

這個世界是一面鏡子，映照的是你心裡的影子。

你是在對他演講還是在與他溝通？

你說那個人可真固執，你已經說得口乾舌燥，他依然一意孤行。可是，親愛的，你究竟是在對他「演講」，還是真的在與他「溝通」？你究竟是希望他為你的演說鼓掌，還是真的希望他能好好整理自己的想法？

有很好的口才不代表有良好的溝通能力，如果只知道如何組織漂亮的言語卻不懂得如何去傾聽，對方依然不為所動也是理所當然。傾聽，是為了了解；有了了解，才能溝通。在說明自己想法的同時，也要傾聽對方的說法。

所以，在溝通的時候，與其說個不停，不如不說；與其當個滔滔不絕的演講家，不如當個默默無語的傾聽者。

你對別人的猜測可能都是錯的

你總是怨怪別人都不了解你，看見的都不是真正的你。如果以上成立，那麼，相對來說，或許你對別人的猜測，也往往都是錯的。

你總是以自己的想法去揣測別人的想法，總是以自己的立場去決定別人的立場。你也常常假設別人對你的敵意或善意，然後無中生有出一堆壓迫自己的情緒。

根本什麼事也沒發生，你卻讓這些無中生有的情緒整慘了自己。

就像你不曾懷疑那種在水邊隨風搖曳的植物叫做蘆葦，直到很多很多年之後，偶然翻開植物圖鑑，你才發現那不是蘆葦，而是甜根子草。

就像把甜根子草誤認為蘆葦一樣，也許你從來也都不了解別人，看見的也都不是真正的他們。

你說的和他想的

你以為你對他說了真心話，但他聽見的卻是他能接收的部分。

你以為你表達的是肯定句，但他聽見的卻是疑問句。

你用了你習慣的形容詞，但他聽見的卻是他自己對那個形容詞的習慣性解釋。

語言充滿了歧異性，像一根不斷分岔的樹枝，再加上個人的想像，樹枝上就長出了葉子，還開出了不同的花。

因此，也許你說的是櫻花，他卻聽見了山茶。

反過來說，親愛的，你可能也常常沒有聽懂別人對你說的話。你以為你接收到的是敵意，說不定他卻以為那是對你的讚美呢。

不必羨慕他

你對自己的生活不滿。

你覺得自己不夠富有，不夠漂亮，伴侶不夠愛你，種植的玫瑰也不夠芳香。

所以你羨慕他。

你羨慕他比你富有，比你漂亮，他的伴侶好像很愛他，他的衣裳總是比別人更時尚。

但你並不知道，他可能有失眠的困擾，或是心裡藏著一段不可告人的傷心過往。

你也並不知道，他羨慕你的歌聲優美動聽，或是含笑的眼神光采又明亮。

親愛的，沒有完美的人生，所以不需要羨慕別人。

只要了解，他有他的煩惱，你有你的幸福。

電梯

常常因為別人的一句話語，或是一個眼神，你的情緒便禁不住地動盪。

就像大樓裡的電梯，只要有人按鍵，就會隨之上上下下。

於是你跟著讚美的話語升上了十七樓，卻又為了一個冷淡的眼神直直降到地下室。

對於別人的讚美，你微笑以對，而對於他人的冷漠，何不也一笑置之呢？

你的心並不是一座被人擺布的電梯，所以，親愛的，別把自己的情緒掌控權交給外在的世界。

含羞草

有時候，你像是一棵含羞草，自己一人時自在又開懷，別人輕輕一觸卻立刻手足無措。

含羞草一樣的你，處在人群之中常常會感到不安。

所以，你隨時隨地都戒備著別人，稍有一個風吹草動，你就有封閉自己的準備動作。

也因此，別人不經意的眼神或表情總是會令你莫名其妙地感到受傷，你總是懷疑那些眼神或表情裡有著對你的敵意。

其實，你只是遇見了另一棵含羞草，那個「別人」也和你一樣，在人群之中也會感到不安，也會擔心受傷。

而他的眼神和表情，不過是在風吹草動之中自我封閉的準備動作——那不是對你的敵意，而是對他自己的不安。

所以，人與人之間的冷淡往往都是誤會，沒有誰故意傷害誰，只是一棵含羞草遇見了另一棵含羞草。

荷包蛋

你喜歡如何吃你的荷包蛋？

是單面煎還是雙面煎？是像盛放的百合一樣攤開來，還是像看完的書本一樣合起來？是加奶油還是撒胡椒？是放入餐盤用刀叉吃還是夾進吐司裡吃？

一個荷包蛋，有許多種吃法，許多個不同的選擇，全憑你高興。

一件事情，有許多種看法，許多個不同的角度，端看你怎麼想。

別人無權干涉你決定荷包蛋的吃法，同樣的，你也無須左右別人對許多事情的看法。所謂人生，不過就是各人吃各人的荷包蛋，各人領受各人的滋味。

你能喜歡每個人嗎？

你總是希望每個人都能喜歡你，但是你能喜歡每個人嗎？

你說怎麼可能呢？那個誰誰誰從沒停止過批評別人就像魚從沒關上過嘴巴，那個誰誰誰陰冷得像一條冬眠中的蛇，那個誰誰誰又自戀得像一隻孔雀……

人人對人人有成見。自己總是看不見自己的盲點。

既然你不能喜歡每個人，又怎能希望每個人都喜歡你呢？

就算是燦爛的太陽，也會有人討厭它的明亮。

就算是甜甜的香草冰淇淋，也不是所有的人都覺得可口。

驕傲的杯子

那只漂亮的水晶杯宣稱，「我是一只最高級的香檳杯，只能裝最高貴的香檳。」

因此她拒絕了甜蜜的果汁、營養的牛奶，也拒絕了清心的茉莉茶、解渴的礦泉水。

可是她一心一意等待的特級香檳卻遲遲不來，於是這只杯子一直就只是一只空乏的杯子，在她身上從來沒有發生過任何故事。

驕傲的人就像這只杯子，設定了一個自以為是的標準，她以為她在維持某種個人的高度，其實只是阻擋了許多可能和機會。

親愛的，別當一只驕傲的杯子，謙遜才能讓你得到源源不絕的滋養。因為謙遜的人才有承接的空間，而這樣的生命才有歡喜悲傷的發生，才能從各式各樣的經驗裡得到成長。

不同的星空

在南半球你看不見北斗七星，就像在北半球你看不見南十字星一樣。

因為所在的立場不同，所以每個人都有他自己才能切身體會的看法與感受。

因此，對你來說的真理，對某些人而言卻很可能是從未有過的概念。

或者，對別人來說是鑽石般珍貴的東西，對你而言也許只是泥炭與銹灰。

親愛的，尊重那些與你不同的意見，因為他所經歷的，不是你能明白的，他所看見的，也不是你正在仰望的那片星空。

何必猜心

他看我的眼光是不是有點怪怪的？她可不可能在我的背後說我的壞話？他真的把我當成朋友嗎……？

只要開始胡思亂想這些，你的日子就不得安寧；到頭來你將會發現，你的時間都浪費在疑神疑鬼上，動不動就對別人的態度耿耿於懷，而最後你還是沒有答案，還是不能肯定他們到底怎麼想你，怎麼看你。

何必這麼在意你這個人在別人心目中的形象呢？從來沒有一個人可以取悅所有的人！

何必浪費你寶貴的時間在捕風捉影上呢？一個真正自在的人追尋的是自己的內心，而不是猜測別人的內心。

多心太辛苦

有時候，你難免多心。

心眼一多，對許多小事就跟著過敏。

於是，別人多看你一眼，你便覺得他對你有敵意；別人少看你一眼，你又認定是他故意冷落你。

多心的人注定活得辛苦，因為情緒太容易被別人的情緒所左右。多心的人總是東想西想胡思亂想，結果往往是困在一團思緒的亂麻中，動彈不得。

有時候，與其多心，不如少根筋。

別為難自己

今天的他似乎心情不佳，當你走過他身邊時，他沒有一如往常那樣地對你一笑，甚至懶得抬頭看你一眼。

你有點惶恐，拚命思索自己是哪裡得罪他了？這一追想，就扯出了一堆奇怪的線索。於是，你更不安了，考慮著是否該向他道歉，或是乾脆放棄這段情誼。

其實你是多心了，今天的你只是在他心情不佳的時候與他相遇，他的壞臉色並不是因你而起，他無意為難你，只是為難了他自己。如果你多心，那麼就是你自己為難你自己。

魔術方塊

你覺得A分明是個差勁的傢伙，B卻堅持A是個好人；你認為C的善良天下無雙，D卻說C的自私已臻化境。

怎麼會這樣呢？你百思不解。

本來就是這樣啊。每個人都像是一個魔術方塊，因為不同的角度呈現不同的顏色組合，在不同的人眼中就映見了不同的視覺反應。

就像這世界上沒有絕對的好人與壞人，你也不必說服和你意見不同的人一定要和你有一樣的想法。誰喜歡誰，誰討厭誰，全屬個人自由。

畢竟，人與人之間的緣分本來就各不相同，而且永遠處在任意組合的狀態，正如魔術方塊。

別管別人怎麼想

同樣的一片風景，不同的人掌鏡，會拍出不同的意境。

同樣的一段旅程，即使是相偕的兩人一同走過，也會留下不同的回憶。

那麼，同樣的一件事情，因為各人立場不同，自然也會有不同的感覺與解釋，而且很可能南轅北轍。

所有的事件都是中立的，沒有真正的對錯與是非，因此任何人都不該隨意去論斷別人。

也沒有任何人有權利任意來論斷你。

所以，親愛的，不用管別人怎麼想你，也不必試圖去說服別人，尊重每個人有自己的想法，就像看著櫻花與茶花各開各的花。

窗痕

你對他有某種固定的看法。

那種固定，就好像當你想起他的時候，眼前便會浮現出一扇窗子一樣。

窗上累積著年深月久的汙痕，一如你對他難以去除的成見。

所以，透過了這扇窗，你看見的早已不是真正的他，而是窗上的痕跡。

為了把窗外的風景看清楚，你總會勤快地擦拭你的窗。

那麼，為了把一個人看清楚，親愛的你也必須去除對他所累積的成見。

沒有了窗上的汙痕，你才能看見乾淨清爽的風景。

沒有了對他的成見，你也才能看見真正的他。

真正的迷人

她有精緻的臉蛋，但漂亮並非美麗。

他有好看的五官，但英俊不等於帥氣。

迷人的外表是上天的賦予，若沒有搭配同樣迷人的內在，就像一張平面的風景明信片，只會吸引人一分鐘的注目而已。

美女美在心地，帥哥帥在個性。美麗的心和自然又溫暖的個性，才是真正的迷人，才像一塊發散著魅力的磁鐵，才會讓別人不自禁地渴望親近。

拿下面具

你總是不太確定該對迎面而來的人做何表情？你害怕友善的微笑換來的，竟是對方無動於衷的木頭臉。「那不是很難堪嗎？」你擔心地想。

因為害羞，因為怕被拒絕，於是，你往往先戴上了木頭面具自保，免得被傷害。

正因為每個人都一樣害羞，所以這個世界就像被魔女下了詛咒一樣，到處都走動著戴了木頭面具的人。

今天，試著在出門時，對著迎面碰到的第一個人微笑。打破木頭面具的詛咒，就從一個微笑開始。

保持適當的距離

還感覺得到陣陣夏陽的暑氣，空氣裡卻已飄來絲絲秋雨的涼意。雖然是完全不同的個性，但夏天與秋天其實相處得滿好，至少在這夏、秋交會的時分，予人的感覺是既不會太熱，也不會太冷。

人與人之間的因緣際會也像輪轉的四季，當春天的你遇見夏天的他，或是當秋天的他遇見冬天的你，如果雙方能退讓一些，保持適當的距離，就能交會出兩個人都會覺得舒服的天氣。

夏天的風裡有秋天的雲，季節的交會並不那麼愛憎分明，人與人之間的交會又何必奢求絕對相依，或是不留一絲餘地。

單人內心戲

他未曾回應你的訊息，你就開始懷疑他是否在生你的氣，但也許他忙得無暇抬頭，或者根本不在那頭。

他經過你的時候臉上沒有帶著笑容，你就開始猜想自己是否得罪了他，但也許他正沉浸在某樁難以啟齒的心事裡，或者正專注地思索著深奧難解的人生哲理。

猜想總是衍生更多猜想，懷疑總是蔓延更多懷疑，但再多的懷疑與猜想都不是事實，只是沒事找事地讓自己陷入情緒的泥淖而已。

所以，親愛的，請記得，其實不是別人讓你煩惱，而是你拿別人的言行舉止來煩惱自己；然而這些情緒往往都是你一人的內心戲，和別人根本沒關係。

看落葉飄過就好

親愛的，有時候，你真的太敏感了。

但太敏感其實是一種自我迫害，因為你的感覺總是過於氾濫，而且漫無邊際，像擋不住的潮水，很容易就把自己淹沒。

太敏感的人容易曲解別人的意思，但其實別人根本沒有那種意思，而你卻要在負面的思考裡承受那種虛幻的煎熬，這樣不是太虐待自己了嗎？

太敏感的人總在無盡的灰色想像裡，把一片落葉掛在心頭，然後蔓延成枯枝遍地的荒野。

那只是一片落葉，就單純地看著它飄過去吧。

經過森林邊緣

遠遠經過森林的邊緣，你對那濃蔭密布之處投去一瞥，心想不知森林裡有些什麼？

也許有砍柴的樵夫，活潑的野兔……

也許有獵戶的小屋，溫馴的小鹿……

也許埋藏著一樁謀殺案，或是埋藏著驚人的寶藏……

如果你不走進去，那麼你永遠不會知道以上那些究竟存在或不存在；你也永遠不會知道森林裡是不是還有一池色澤碧綠的湖水。

親愛的，就像與朋友交往，如果你沒有用心去認識一個人，那麼你永遠不知道他內心深處有些什麼；如果你不曾認真去對待過他，那麼也就像是遠遠地經過森林邊緣一樣。

藍星花

如果你不喜歡那個人，就當做每一次與他的相見，都是第一次相見。因為是第一次相見，所以你對他沒有既定的看法，沒有以前累積的成見。

如果你太喜歡那個人，就當做每一次與他的相見，都是最後的相見。因為是最後的相見，所以你對他的喜愛便沒有保留，沒有羞怯和隱藏。

一如你窗台上的那盆藍星花，每日清晨開了花，到了傍晚就謝了。

每一天，每一朵，都是新鮮，都是唯一，都沒有過去，也都沒有未來。

朝花夕拾，一切都是當下。

朝花夕拾，人生不過如此。

別人的天使

你常常遇見天使。

天使平易近人。天使心地善良。天使就在你的四周，隨處可見。

例如迷了路，有人為你熱心地指引。

例如在電梯裡，有人為你按下你要去的樓層。

例如去買一束玫瑰，有人為你細心地修剪扎人的尖刺。

這些看似微不足道的小事，其實都是陌生人的善意，使你看見這個世界的美好，讓你行走在其中更充滿了喜悅與勇氣。

親愛的，你也要常常當別人的天使。

因為你對陌生人不求回報的善意，帶給他們溫暖，無形中鼓舞了別人，願意把這份善意傳遞出去。

人人都是人人的天使，人間即是天使的國度。

你是誰的遠方？

你總是嚮往著遠方。你想在那遙遠的地方一定有一個更美好的世界。但當你真正走過了許多遠方，你才發現，比風景更動人的，往往是陌生人的善意。

如果沒有那些溫暖的互動，那些不求回報的幫助，再美的風光也不過是一堆沒有溫度的明信片。

原來，人才是最美的風景。

於是你明白了，你所嚮往的其實不是遠方，而是在到達遠方的過程中，感受許許多多人與人之間短暫交會的光亮。

親愛的，你也是某個人的遠方，在他人的旅途上，你也扮演了友善的角色，而你的付出，也許只是一個發自內心的微笑。

是的，因為你的存在，可能使某個人看見了一個更美好的世界。

萍水相逢

人與人之間，都是萍水相逢，水上的緣分。

好像一片浮萍遇到另一片浮萍，說，嗨，你也在這裡嗎？彼此陪伴了一段時光，然後又分開。

但是，親愛的，別為離別傷感，因為從一個更大的角度來看，就算你與他隔得再遠，終究也還在同一片水域；所以，若是這份緣分注定還有後續，日後總有一天，你與他必定會在水上再次相遇。

卷二

親近的關係

親愛的，
你是否真心珍惜你的重要他人呢？

讓愛成為很深的放鬆，
像風一樣自由自在、來去穿梭，
在你與他之間流動。

神奇膠水

每個人的形體就是自己的邊界，人人都帶著自己的邊界行走，很難與別人的邊界連結。常常，你會這樣覺得。

多麼孤獨啊，人人都自成一個單人王國，沒有人可以完全懂得另一個人。常常，你會如此感傷。

親愛的，形體的世界或許是這樣，心靈的世界卻不是這樣呢。

因為有一種聯繫心靈的東西，化解了人與人之間的邊界，它的名字是「愛」。

愛，一種芳香的神奇膠水，可以消融人們與生俱來的孤獨，把你的心與他的心黏合在一起，讓兩個人靠近。

有了這種神奇膠水，就算你與他的形體再遙遠，心靈卻依然相依。

天使飛過

有一種說法，當兩個人之間沉默下來的時候，就是有天使飛過的時候。

無話不談當然是一種投緣的證明，但可以同享安靜的片刻，才是更深刻的心意相通。

在沉默之中，彼此共有這個當下的時空，只因對方的存在就覺得喜悅安心，再說一句都嫌太多。

在沉默之中，雖然兩個人都沒有開口，但無聲勝有聲，未曾說出的其實比言語可以表達的多更多。

親愛的，你和他之間有天使飛過的空間嗎？如果有，那麼你一定能感覺得到，無限的美好在你們之間無盡地延伸，而那些可說和不可說的，都早已被涵蓋在美麗的安靜之中。

以他喜歡的方式對待他

你為什麼喜歡那個朋友？除了喜歡他的個人特質之外，是不是還喜歡他對待你的方式？

想想看，對你來說，是他的親切與否重要？還是他的美麗與否重要？

再想想看，對這個世界來說，是他的善良與否重要？還是他的胖瘦與否重要？

親愛的，對別人來說，你也是如此啊。

你的美麗胖瘦往往只是自己的事，你的親切善良卻常常能改變別人的心情。

所以，如果你希望別人覺得你是個值得被喜歡的朋友，那麼你就要以讓別人舒服的方式對待他。

真正的朋友

親愛的，在你歡欣愉悅時會出現的朋友，也會在你沮喪消沉的時候出現嗎？

「所以，所謂真正的朋友，就是當我行過生命幽谷時能陪著我度過的朋友嗎？」你又問。

親愛的，在你沮喪消沉時會出現的朋友，也會在你榮耀加身的時候出現嗎？

「啊，那麼，真正的朋友，就是在我人生光榮的時刻可以為我衷心喝采的朋友了？」你再問。

親愛的，看看你窗前的那片窗簾吧。當你倦極欲眠，它為你阻擋黑夜；當你從夢中甦醒，它讓陽光進來，照耀你的眼睫與額頭。

而真正的朋友也就是這樣——容易的是，與你一起談笑歌唱；不容易的是，陪著你度過暗淡悲傷；特別不容易的是，滿懷喜悅地把你的成就放在他的心上。

沙漠裡總有綠洲

人生行路，偶有烈日當空的困境，於是你走著走著，竟走進了一片沙漠。

好貧瘠的土地啊，你舉目四望，只看見遍野黃沙，寸草不生。

你又渴又累，好希望能有人扶你到遮陽的樹下休憩，並且為你倒來一杯清涼的水。你知道此時你不能倒下，否則很快就會被滾滾塵沙掩沒。你只能繼續向前走。

終於，有人化身為綠洲，解救了你的焦渴。那是真心對待你的朋友。

生命難免有走進沙漠的時候，而朋友就是沙漠裡的綠洲。

所以，當你的朋友處於心靈枯竭的狀態時，請你也倒一杯解渴的水給他。

如果你的朋友犯了錯

你看著你的朋友正一步步走向錯誤的境地，你覺得生氣又擔心。總是當局者迷，旁觀者清，你對他提醒再提醒，他還是不悟又執迷。如果你已經盡了力，就讓他去吧，畢竟人們往往得從錯誤之中學習教訓，而那正巧是成長的最好契機。

但是在他回頭的時候，你要適時張開雙臂迎上前去，讓傷痕累累的他明白，只要他需要，你會在這裡。此刻，不必再對他說些：「你看，早知道你就應該……」之類的話語，因為關於他曾經犯過的錯誤，他已在火熾與灰燼中體悟分明。

他想要的和你想給的

他在哭泣。他轉身過去。他說他需要一個人的安靜。
你不放心。你亦步亦趨。你說你願意聽他傾訴委屈。
於是他在努力平復他自己的心情之餘，還得應付你。
於是原先想為他紓解壓力的你，反而成為他的壓力。
當然你是一片好意，只可惜不太聰明地用錯了時機。
親愛的，所有的人際關係都是這樣啊，不管他是你的誰，你該給他的是當時他需要的，而不是你一廂情願想給他的。

流水穿越一切

因為與他一時意見不合，你們有了言語上的爭執，於是原本的閒聊竟演變成一場唇槍舌劍的戰爭。

雖然吵架也是某種形式的溝通，但這畢竟得冒著友誼破裂的危險。所以，與其不小心就變成一塊僵硬的石頭，不如常常提醒自己當一條可以穿透一切的流水。

一塊石頭撞擊另一塊石頭，往往是兩敗俱傷的碎裂。一條可以穿越一切的流水，才能夠磨圓水底的鵝卵石。

安靜地陪伴

有時說太多，還不如什麼都不說。
有時說太多，還不如一個溫暖的眼神，一個友善的手勢或動作。
所以，親愛的，安靜地陪伴著那個傷心的朋友就好，他需要的是你感性的支持，而不是理性的分析。
那麼就靜靜地陪著他一起走過流淚的低谷吧，他有他的生命歷程，必須自己去面對。你無須多說，只要讓他知道，你隨時都在。
愛總是在無言中流動。與其說太多，還不如安靜地陪伴就好，讓愛的本身去訴說。

雨傘

在這個多雨的城市裡，出門時你常常會攜帶一支傘，回家後也常常發現不小心掉了傘。

無雨的時候，你的傘只是備而不用，有雨的時候，你的傘就是你唯一可依靠的東西了。一把小小的雨傘，承受的是整個天空的水勢攻擊，而它的這份堅定都是為了你。

就像那個沉默的好朋友，在你生活一片晴天朗朗時，你感覺不出他的不同，直到你的生命出現了雨季，你才會發現他的誠懇真心。

要好好對待這樣的好朋友，一如好好珍惜你的傘。

親愛的，不要輕忽認真對你的人，不要讓他像一把被你丟掉的傘，遺忘在某個經過的角落。

圍巾

寒冷的季節，你習慣於出門的時候，在脖子上圍一條暖暖的圍巾。圍巾圍著你的脖子，給你貼心的安適，像一個友善的朋友，在你感到冷冽的時候，給你體貼與關懷。

走過人生的寒帶時，你需要一個溫柔的朋友，一如需要一條保暖的圍巾；有了這個朋友，你就有了抵抗寒冷的勇氣，一如圍巾為你阻擋了寒意。

那麼，當你的朋友走過人生的寒帶時，也別忘了當他的圍巾。

路燈

許多個夜裡，回家的路上，你經過那盞路燈，但也只是經過而已。只是經過而已，你從不曾發現它為你照亮了前路，反正它一直都站在那裡，它的存在如此理所當然。

直到有一天，它壞了，你才發現，天暗了，夜來了，回家的路漆黑難辨了。

這時你驀然明白，這盞默默守候在你的歸途上的路燈，曾經使你忘了夜的黑。

就像那個不多言語的朋友，他一直都守候在你的身邊，給你指引，為你照亮前方，但你卻不曾發現他為你而綻放的光芒。

擁有路燈一樣樸實、溫暖的朋友，是你的幸運，所以親愛的，當你經過他身邊的時候，千萬不要只是經過而已。

茉莉香片

杯底的茶葉裡埋著幾朵乾燥的茉莉，熱水一沖，原本捲縮的茉莉就浮上水面，再度開成芳香的小白花。

那人的心裡也埋著一些乾燥的情感，因為你熱情的給予，原本緊閉的心扉才漸漸舒緩，終於在臉上開出一朵花一樣的微笑。

友情是一杯茉莉香片，氣味清雅，生津解渴。

你需要這杯茉莉香片，就像他需要溫暖人心的情誼。

所以，如果你希望他是你的茉莉香片，就先當一壺熱情的水。

玫瑰浴水

當他把你攬向懷裡的時候，一切的紛亂忽然都止息了。

那樣真誠的擁抱所給你的感覺，就像是一個寒冷冬夜裡的旅人，在長途跋涉之後，終於抵達有光的屋子，有人為你放了一缸滿滿的浴水，水上飄著玫瑰精油，而你帶著悠長的、感謝的、滿足的嘆息滑入浴池，整個人霎時被裹入玫瑰浴水的溫暖與芳香。

這一刻，你所有的疲累都溶解，所有的悲傷都釋懷。

在人生的道路上幾番風雨又千迴百折之後，你所希望的，也不過就是一個這樣的擁抱。

那麼，親愛的，若是有人需要你的胸懷時，也別忘了給他一個緊緊的擁抱。

空房子

那幢房子已經很久沒有人居住了，當你進入它的時候，感覺到一股空寂與寒意，於是你會怎麼做呢？是不是撿拾柴薪，在壁爐裡升起一堆火，讓房子溫暖？

那麼，當你想要靠近那個人，卻感覺到一種蕭索與冷意時，你就會明白，那是因為他的心裡已經太久沒有人進駐過了；所以，你唯一能做的，也是為他升起一堆火，讓他感到溫暖。

因為有風

這間房子為什麼令人覺得這麼舒服？因為有風。
因為有風，這個空間才有了無形的流動。
因為有風，這個空間也就一定有著可以穿越的出口。
所以，一段令人感到舒服的關係，正是如風一般的關係。
親愛的，讓愛成為很深的放鬆，像風一樣自由自在、來去穿梭，在你與他之間流動。

友情的杯子

在你最好的朋友生日那天，送給他一只杯子。
馬克杯。琉璃杯。水晶杯。夜光杯。
只要是你誠心誠意送他的，就是最美麗的杯子。
請他把這只杯子放在伸手可及的案頭，當他口渴的時候，會用這只杯子喝水。
恰似在他需要的時候，你的友情時時為他傾注。
或者，他也不妨在這只杯子裡放幾株水草，養兩條活潑的小魚。
一如你們之間的感情，常常都有盎然生機。
如果他喜歡，還可以用這只杯子天天裝滿新鮮的花朵。
就像你們之間的友誼，日日充滿芬芳的香氣。

秋月

春花秋月何時了？往事知多少？秋月適宜懷人，也適宜思鄉。總有一些人讓你念念不忘，也總有一個地方讓你魂牽夢縈，但時間的小河載著你流向他方，從此江湖兩地，人海茫茫。然而當你抬頭看見那輪皎潔的秋月時，你會知道，照看著你的明月，也照看著你心裡的那些人和那個地方；時間的小河繼續往前奔流，但就算江湖兩地，就算人海茫茫，你們仍然還在同一輪明月下。

月下想念

月亮是一盞安靜的燈，照拂著夜裡的人，讓仰望它的你得到不可思議的安慰。

總是在月下，你想起了遠方的那人。月光漂染的夜，讓你心中雖然悵然，卻也溫柔如水，於是，你在月光中許下秘密的心願。

親愛的，你相信嗎？當你在月下思念著他的時候，常常也正是他想起你的時候。

月下適合想念，一輪明月，讓你和他之間有了超越距離的連結。

小橋

你不懂，為什麼對這樣的一件事，他會有那樣冷漠的反應。你拚命抽絲剝繭地想，也想不出他何以會背過身去。

許多時候，不必把朋友的心思理得那麼清楚，因為很可能他自己也理不清楚。如果他已經在情緒之中，那麼你就不要把自己的感覺也捲進去，否則事情只會更複雜。

如果他已經把自己站成一座島，那麼你最好把自己彎成一道橋，一道安靜的小橋。如此當他轉身過來的時候，才有通行的管道。

心動

雲在流動。你仰望著天空，心想：是雲動還是風動？是風動還是心動？

萬事萬物其實只是順其自然，是你的起心動念賦予了它意義與感情；所以，花開花謝，日昇月落，才有了美麗，有了哀愁。

愛情也是如此，對別人而言無關緊要的一個人，對你來說卻可能是生命中的精靈，當然，也有可能是生命中的魔鬼，全憑你如何去看待與他的關係。

因此，愛一個人可以很優雅，像一朵自由自在的白雲；也可以很狼狽，如一堆沉冤欲雨的烏雲。

雲動也好，風動也罷，今天，就讓你的心隨著流動的雲飄向不可知的遠方，沒有愛恨，只有自由。

徘徊

你徘徊在A與B兩人之間，不知如何選擇。
朋友說B比較好，可是你說A更能讓你快樂。
「我和A在一起的時候，一直都很開心。」你說：「他像是一個魔術師，總是能在我的臉上變出笑容。」
可是，親愛的，只是讓你快樂，這並不夠。
你應該想一想，傷心的時候，你第一個想到要同他訴說的人是誰？有困難的時候，你第一個想到要向他求助的人是誰？心中有感觸的時候，你第一個想到要與他分享的人是誰？
能在你臉上變出笑容固然很好，但能把你眼中的淚水拭去更不容易。
現在，徘徊在A與B之間的你，願意選誰？

明日的回憶

他一直都在你身邊，直到有一天，為了某些原因，他離你而去，你才發現，原來沒有什麼人可以陪伴你到永久。

人與人之間的緣分彷彿海上的船隻，也許你們曾經共用一個碼頭，但都只是暫時的停留。

每個人也都有屬於自己的海洋，或早或晚，你和他都要天各一方。

今日相聚，明日別離，只是你從不知道明日何時到來而已。

親愛的，每一個今天都會成為明日的回憶。

這一刻看來理所當然的事，到下一刻可能就改變了全局。

所以請好好珍惜身邊的情誼，即使一切都將成為明日的回憶，也要在想起的時候還能泛起笑意。

約他去散散步

當你和老朋友很久不見的時候，約他去散散步吧。

當你想和他好好說說話的時候，約他去散散步吧。

散步讓你和他處於流動的狀態，那是最自然的狀態。在流動之中，某些關上的情感在慢慢打開，某些冰凍的感覺在輕輕融解。

就算你們什麼也沒說，至少是一次親密的互相陪伴。

所以，當你喜歡那個人的時候，約他去散散步吧。

什麼也不用做，只是漫無目的地，隨意走走。

就像天上的流雲或是飄過的落葉，一切都悠閒，一切都悄悄發生在流動之中。

知己

有一種朋友，當他看著你的時候，眼神總是單純的，信任的，充滿關懷的。

有他在身旁，你很安心。沒有他的消息，你對他也不會猜疑。

你們可以一起做所有的事情。你們也可以只是在一起而什麼都不做。

有時你們天南地北暢所欲言，在他面前你不必隱藏任何秘密。

有時你們只是默默地陪伴彼此，他知道你心裡想說卻沒有說的；而你不想說的，他也都知道。

親愛的，如果你擁有這樣的朋友，請一定要好好珍惜。他是你的知己。

一個天長地久的知己，抵得上十次無疾而終的愛情。

壞天氣

天氣忽然就變了。昨天夜裡還有慵懶的暖風，今早醒來卻已是綿綿冷雨。

就像他對你的態度忽然就不一樣了。上一次相聚還談笑風生，這一回見面卻是漠然以對。

發生什麼事了嗎？你的心裡充滿疑問。也許什麼事都沒有發生。也許他只是像你一樣，偶爾也會陷入情緒的低潮。

當你為了連自己都理不清的原因悶悶不樂時，不也是這樣沒有笑容，不想多說？

所以，身為他的朋友，要體諒他也有心情不好的時候，多給他一些包容。

親愛的，別讓你的情緒被他的情緒牽連，別把他的壞心情變成你的壞心情。

這樣才不會影響你們之間，今日的壞天氣才不會連接成明日的壞天氣。

發光的關係

有沒有一個人，是你一看見他，胸口就流動著一股暖意；一說起他，嘴角就洋溢著一抹笑意？

有沒有一個人，是當你開心的時候，他能感受到你的快樂；當你悲傷的時候，他也能了解你的眼淚？

有沒有一個人，是你只要想起這個世界上還有他的存在，就覺得這個千瘡百孔的世界畢竟還是很美麗？

如果有這樣一個人，那麼你與他的關係，就是發光的關係。

這樣發光的關係，將讓你即使身處在黑暗之中，心裡也會迸放燦爛的煙火。

心之弦

你說，人生最重要的是愛。

他說，是的，人生最重要的是愛。

在這一刻，兩個心靈產生了共振，同盟的感覺因此發生。

你說，藍色是最天然的顏色。

他說，是的，因為藍色是海洋和天空的顏色。

在這一刻，一個心靈成了另一個心靈的回音，愛的感覺因此發生。

人與人之間是相似磁場的吸引，有時甚至不需要透過任何言語，你內在的狀態就會召喚頻率一樣的人靠近。

所以，親愛的，把自己當一把琴，先定調了弦音，那個對的人自然會來與你共鳴。

聆聽風鈴

你把一串風鈴懸掛在窗前，你說你喜歡聆聽它叮叮的鈴聲。
牽動風鈴的是風，那麼牽動你心的又是什麼？
是對某個人的想念，並想像著，或許他也正在想念你。
如果沒有風，風鈴只是靜止的存在。如果沒有愛，你也只是靜止的存在。
讓你的風鈴晃動的，是風。讓你的生命靈動的，是愛。
在這個有風的午後，你默默聆聽著風鈴叮叮的聲響，默默想念著心裡的那人，讓自己和風鈴化為一體，讓愛與風一起流動。

別把愛隱藏

似乎總是這樣，愈是愛你的人，你對他愈壞。

就因為他全心全意地包容你，所以你認為即使給他再多漫不經心的針刺，他也承受得起。但是有誰應該成為你壞情緒的出口？就算是最親密的家人，也沒有為你清理垃圾桶的義務呀。

你說，你心裡是愛他的啊，但不知為什麼行為卻背道而馳？你還說，每一次使壞之後，其實你也很後悔。

親愛的，把愛藏在心裡是不夠的，如果你不表現出來，他是不會知道的。

人與人之間的相伴相處，都是向上天借來的時光。再怎麼愛你的人，也無法陪你到永久。所以，在還來得及的時候好好對待他，這是無比重要的事。

一句體貼的話語，一個溫暖的擁抱，一通問候的電話，一份適時的禮物，就會讓愛你的人非常開心。當他快樂了，你會更快樂。

你也將發現，讓你愛的人幸福，就是你的幸福。

推開關上的窗

因為一些摩擦，你與他有了一些爭執，從此沒有聯絡。

原本那麼親密的交情，如今失去互動；原本那麼貼心的交流，如今被各種負面的情緒所堵塞。

空氣怎麼這麼不流通呢？你覺得呼吸變得好困難。明明有那麼多話想告訴他，卻無法順暢地表達。這種滯悶的感覺，好似有一扇緊閉的窗梗在你面前。

親愛的，既然曾經是你親手關上了這扇窗，那麼現在也請你親手推開它吧。

打個電話給他，很誠懇地請他幫這個忙，如果他真的是個珍惜你也了解你的朋友，將會很樂意與你一起推開這扇窗。

該說的話要及時說

因為一時的壞情緒，你對他發了脾氣。

當時他默默地什麼也沒說，而你在事後被愧悔所煎熬。你發現，對別人不好比別人對你不好，更讓你難受。

沒有人應該毫無道理地承受你粗暴的對待，即使是最親的人。或是應該這麼說，尤其是最親的人。

那麼，親愛的，去向他道歉吧。告訴他，你的心情不好不是為了他，而是有別的事煩擾了你。讓他好過，你也就好過了。

許多時候，應該說的話要及時說清楚，畢竟誰也不知道下一刻會發生什麼事，畢竟最親的人也無法陪你到永久。

時光不再。時光不再。時機過去就很可能不會再回來。人生最怕愧悔，別讓一時的猶豫而成為永遠的遺憾。

煙花

那個人離開你的時候，最讓你難受的，並不是自己所受的傷，而是在那段相處的時光裡，你沒有以最好的方式對待對方。

就像一束煙火，只要曾經以美麗的姿態燦爛綻放，那份瞬間的璀璨就能抵得過煙花熄滅之後的惆悵。

所以，親愛的，你要在一切都還來得及的時候善待別人，尤其是那些對你來說很重要的人。

那麼，當有一天，必然的離別來臨的時候，你會記取兩人之間曾有的美好，而不是遺憾不曾好好對待彼此的悲傷。

善意的關係

親愛的，面對他人，
你會如何表達你的善意呢？

這個世界是一面鏡子，
它反映的都是你內在的風景，
當你心裡的花開了，外面的春天也就來了。

如果你希望被愛

你常常感到孤單，感到不被關心。你總不明白這個世界為何這樣冷漠，為何沒有人願意給你一個溫暖的笑容。

人所有的痛苦都是因為覺得自己沒有被愛，但親愛的，這種感覺不是真的，而且也是可以改變的。

改變不能期待別人，只能來自自己。

所以就先以微笑去溫暖這個世界，先主動去關心別人吧。

這個世界是一面鏡子，它反映的都是你內在的風景，當你心裡的花開了，外面的春天也就來了。

所以，親愛的，請記得，永遠要做一個給得起愛的人！因為有能力付出愛的人，一定也是被愛的。

打開愛的開關

如果你想看電視，卻沒有打開電視的開關，電視的畫面不會進來。
同樣的，若是你希望感覺到愛，那麼除非你先打開心中愛的開關，否則愛的畫面也不會進來。

想要愛與被愛，卻緊閉著心扉，處於內在關閉的狀態，怎麼可能感應愛的存在？

所以，親愛的，打開你心中愛的開關，感覺愛的流動，相信自己可以去愛，也值得被愛。

放開心胸，主動付出，不要吝惜對他人表示關懷。

如此，你才能接收愛的訊息，你的生活裡，愛的畫面也將無處不在。

那看不見的

這是個視覺的世界，也是個感覺的世界。有些東西你看得見，也有些東西你看不見。

而那看不見的，往往比那看得見的更重要。

就像一瓶香水，即使包裝得再漂亮，但外表只是附加，香氣才是它的靈魂。

同樣的，迷人的外表只是你的附加，從心裡由衷散發的善良和溫柔，才是讓你真正美麗的特質。

沒有香氣的水不會是香水，沒有愛的人也不會是美人。

親愛的，那看得見的愉悅了視覺，那看不見的卻滲透了感覺。愉悅視覺的只是進入視線，滲透感覺的才能深入靈魂。

好久不見

如果你忽然想起好久不見的他，在這個當下，可能他也忽然想起好久不見的你。

人與人之間的心電感應非常奇妙，像隱形的光纖，就算再遙遠的距離也能在瞬間接收。

所以，若是想起那個久未聯絡的老朋友，何不打個電話給他，或是捎去一張問候的卡片。

親愛的，當你有所行動，愛也就有了流動。

好久不見，時間的厚度總是加深了彼此的想念。好久不見，愛的流動就在每一個行動的瞬間。

散花

親愛的，你知道嗎？你有很美的微笑。

當你帶著微笑走在路上，就妝飾了路上的風景，美化了別人的心情。

那就像天女散花一樣，你沿路拋出你的微笑，如同拋出一朵朵美麗的香花。

因為你的微笑，整個世界都發亮。

當別人接收到了你愉悅友善的正面磁場，也就染了一身芳香。

讚美別人是送花給他

傳說今生若是常常送花給別人，來生就會有像花一樣美麗的容顏。來生還未來，所以這個傳說目前還無法斷定真假，但可以確定的是，今生若是常常讚美別人，擁有一顆善良且喜歡幫助別人的心，就能讓別人樂意親近。

美麗的心地，自然由內而外造就出你悅人的模樣。

親愛的，不需要等到來生，常常像送花一樣、用言語和行動把芳香的氣息送給別人，今生的你就會是一個像花一樣的美人。

讓世界更美麗更芳香的秘密

當他對著你微笑的時候，你彷彿聞到了花香。
也許，每一朵微笑都會讓這個世界上的某一朵花綻放。
當他對著你微笑的時候，你覺得心都鬆開了。
也許，每一顆鬆開的心都會讓這個世界上的某一顆種籽發芽。
親愛的，你是如此喜歡看見別人以笑臉對待你，那麼，你當然也該以笑臉對待這個世界。
微笑具有感染性的魔力，那是讓這個世界更美麗更芳香的秘密。

算計多，快樂就少

太精於算計的人，世界是由一堆數字組成的，而他自己就像一台人形計算機，無時不在計較著付出與報酬之間的差距。

太精於算計的人，因為人生的一切統統被精算過了，所以前進的道路上不會有太大的閃失，可是也不會明白冒險的樂趣。

太精於算計的人，在他那由0到9組合而成的世界裡，雖然沒有狂風暴雨，卻也沒有花香鳥語，沒有水聲山音。

親愛的，偶爾做一個浪漫的傻瓜又何妨？許多時候，快樂的秘訣就在於只求付出，不問收穫，更不會有任何算計。也有些時候，付出的本身，已經是最大的收穫。

相逢的當下

你和他迎面相逢，彼此都停下腳步說了幾句話，然後轉身離開。只是短短兩三分鐘的交會，但二三十分鐘之後，你還在懊惱地回想，自己剛才哪句話說得不夠好，哪個手勢或表情不夠漂亮。

從頭到尾，你注意的焦點都在自己身上；你關心的是別人如何看你、如何想你。

人同此心，所以也許從頭到尾，他也只是看見他自己、聽見他自己而已。

換句話說，他根本沒有注意你的表現如何。因此，親愛的，你可以釋然了。

人往往最在意的就是自己，最不能放過的也是自己。

只要自己不在意，就沒有別人會在意；也只有自己可以放過自己。

然而，不論和任何人相處，都要把關心的焦點從自己轉移到對方身上，全心全意去看著他，聽著他，這才是真正的交會。

交會只在相逢的當下，一旦轉身離開，親愛的，你就該完全放下了。

溫暖的慰藉

畢竟個人的體溫往往有不敷使用的時刻，常常在感到傷心的當口，你希望有人能夠給你一個擁抱。

沒有人喜歡寂寞地對抗生命的孤獨，一對溫存且善意的臂膀，甚至無須言語，就會讓置身谷底的你，產生繼續向上攀爬的力量。

體溫，是最暖意盎然的慰藉。

但善意是互相的，你希望能得到安慰，就必須先付出關懷。

因此，當有人帶著無助的眼神來向你求援時，別忘了張開你的雙臂，給他一個大大的擁抱。

香水瓶

你喜歡在身上灑幾滴香水，因為清淡的香氣令你愉悅。

你喜歡接收溫暖的眼神，聽取衷心的讚美，並且總是偷偷地期待有誰會忽然送給你一份可愛的小禮物，因為別人的善意令你愉悅。

能夠愉悅你的，同樣也能愉悅別人。

所以，你何不把自己當成一只香水瓶，隨時把清淡的香氣灑在別人身上，或是一個溫暖的眼神，或是一句衷心的讚美，或是一份出其不意的可愛小禮物，當別人歡喜地領受你的香氣時，你心中的芬芳也會更濃郁。

不必擔心瓶裡的香水會用盡，生命的奧妙之一就在於，你給予的同時，也是獲得的同時。

給出去的才是你真正擁有的

想著自己，狀態是封閉的，所能成就的必定有限。
想著別人，才有讓天使降臨的空間，所能完成的才將不可設限。
自私的人到達不了任何地方，無私的心才能帶著你往高處飛翔。
緊握在手中的只是虛空，能給出去的才是你真正擁有的。
親愛的，生命的奧秘之一在於，你如何慷慨地給予別人，上天也就如何慷慨地給予你。

拿掉心裡的墨鏡

你抱怨道，你的生活裡沒有愛，每個在你周圍的人都不可愛。這不是很矛盾嗎？你想要的是愛，從心裡看出去的卻是憎厭。這就好像你覺得世界一片黯淡，卻沒發現這是因為自己戴著墨鏡的緣故；一旦把墨鏡拿下來，眼前的一切霎時就光亮了起來。

親愛的，把你心裡的那副墨鏡拿掉吧，去看他人的可愛之處，而不是可惡之處。

人與人之間互相映襯，彼此是對方的鏡子，當你看見他人的可愛時，別人也會發現你的美好。

你想要的愛，就從這裡展開。

給他一個發自內心的微笑

你喜歡那個人，卻不知如何表白。面對他的時候，你往往因為要掩飾對他的好感而緊張得手足無措，甚至臉部抽搐。

可是親愛的，你何必如此壓抑？沒有任何一個成熟的人，會討厭自己成為別人喜歡的對象。喜歡他，是對他的讚美，如果他夠謙虛，懂得了你的心意之後，將會感謝你；如果他反應冷漠，只說明了他的驕傲與不成熟，而對於這種既不能當朋友也不能當戀人的人，你又有什麼好遺憾呢？

無論如何，試著在面對你所喜歡的那個人時，給他一個發自內心的微笑。看看他值不值得當朋友或是當戀人，就從這個微笑開始。

祝福他人就是祝福自己

親愛的，你常常祝福別人嗎？

而你知道嗎？當你祝福別人時，其實也祝福了自己。

因為給予別人祝福的你，一顆心是打開的，是充滿善意的，而一個正向且開啟的心靈，才能接收宇宙要給你的禮物。

換句話說，不能祝福別人的人，自己也不會得到幸福。

所以，親愛的，請常常給予別人祝福，而且要真心真意。

如此，宇宙也會真心真意地賜福給你。

香花

你在街角買了一串香花，於是一路都伴隨著馨香，讓你原本有點苦澀的心情漸漸開朗舒暢。

當你給別人一句輕輕的讚美時，也就像送出一串甜甜的香花。

話語的芬芳將在他的心頭緩緩縈繞，使他每回想一次就不禁微笑一次，許久之後仍有餘香蕩漾。

親愛的，常常讚美別人，就是送花給這個世界。

因為香氣的存在，花朵更甜蜜可愛。因為懂得讚美，你說出的話就像有花香一樣。

就擁抱吧

當所有的語言都到了盡頭，需要的或許只是一個深深的擁抱。有些時候，縱使你有千言萬語，卻不知從何說起；或是，你說得再多，卻只突顯了語言的有限，甚至空洞，那麼乾脆什麼都別說。畢竟人生裡有這樣的時刻，超越了一切語言可以表達的悲傷喜樂，只能靜默。

那麼，給彼此一個深深的擁抱就好。在無言的交流中，你的心意，他會收到；他的溫度，你會知道。

當他說喜歡你

當他說喜歡你，請感謝這份心意。

你該知道，他是曾經多麼千迴百轉，總算鼓起這樣孤注一擲的勇氣，甚至願意承受告白之後可能的幻滅和傷心，才終於來到了你面前，說他喜歡你。

因為那是一種如此鄭重的讚美，所以，請你珍惜。

但是如果你實在無法回應他的情感，也不要違背了自己的心意。

你該知道，一時的心軟和猶豫，可能造成某些認知上的誤會和差距，為他也為你帶來日後難以收拾的傷害和難題，那時一切都已太難說得清。

要婉轉而明白地拒絕他的愛情，同時卻要珍惜他的心意，並繼續這段友情，這確實十分不容易，但只要兩個人之間對彼此都懷抱著善意，就能克服其中的障礙。

而你和他是否能共同成長，也就在這裡。

無條件的快樂

因為覺得這杯水果優格很美味，所以你帶了一份回家，讓心愛的他也嘗嘗它的味道。看著他滿足的樣子，你感到快樂。

因為喜歡眼前這束香檳玫瑰，所以你買下來送給你喜歡的那人，讓他也感受花的美麗與香氣。看著他微笑的樣子，你感到快樂。

親愛的，你是如此願意與所愛的人分享你所擁有的美好，那為什麼不擴大這樣的心境呢？

因為你自己的日子過得好，所以也希望所有的人日子都過得好。看著無條件被你幫助的人們喜悅的樣子，你將感到無條件的快樂。

銳利的自我需要修剪

來，伸出你的手，攤開你的掌，檢查並且修剪你的爪。

你的爪子可能以各種形式出現：脾氣、情緒、眼神、言語。是的，每個人都有一副銳利的爪子，隨時可能在不經意之間，不小心刺傷了別人。為了避免悔憾，你只有常常修剪它。

修剪它，像花匠修剪行道樹太長的枝椏，以免它們干擾了路過的行人。修剪它，像獸醫修剪獸苑裡鳥獸們的尖喙和利爪，以免牠們誤傷參觀的遊客。

修剪歧出的部分，學習自我控制，其實也是為了保護自己。而一個懂得自我控制的人，當然也是一個更快樂的人。

做一個寬容的人

寬容的人，心中有遼闊的天地。

寬容的人雖然也會因為別人的錯誤而生起不愉快的感覺，但那種感覺就像蒲公英的飛絮一樣，風一吹就飄遠了。

以寬容為一片天空，在心中放入一朵柔軟的雲，才能用一種隨和的態度自在地來去。

以寬容為一片沃土，在心中種植一棵喜悅的樹，才能在生活裡不斷開出快樂的花朵。

心中的水流

就像一口乾枯的井不能汲水一樣，一顆乾枯的心也無法給愛。

心中乾枯的人往往也是長期受苦的人，內在缺乏愛的滋潤，心田就像旱季一樣龜裂，長不出任何花葉。

這樣的人往往冷著一張臉，說話沒有溫度，甚至充滿憤怒。

所以，面對這樣的人時，不需要去回應他的無禮，反而應該憐憫他的心苦。

如果可以，就給他一個微笑，也許他的心會被溫柔觸動，也許善意會開始在他心中流動。

親愛的，若是你的一點點寬容，可以為別人帶來心中的水流，那又何樂而不為呢？

溫柔的甜味

一個再漂亮的人，如果缺少了內在的溫柔，就像沒有香氣的花，或是不會唱歌的鳥，無法令人渴慕親近。

但是，一個外在平凡的人，若是滿懷發自內心的溫柔，周圍自然就會充滿無形的歌聲與香氣。

溫柔是一種溫暖又柔軟的善意，溫柔的人總是具有某種魔力，或是某種天使的質地，舒服了別人，也喜悅了自己。

親愛的，鬆開你緊蹙的眉頭，綻開你美麗的微笑，以一顆溫柔的心對待這個世界，這個世界也將泉湧出溫柔的甜味，溫柔地回應你。

陌上相遇

有一些微笑，一些眼神，一直被你收藏在記憶的盒子裡，只要一想起，你的心中就有暖流流過。

以前你不認識他們，以後或許也不會再遇見，卻在那個交會的瞬間，他們讓你看見這個世界的光亮。

是那些人使你懂得，即使一個人旅行，也不會感到孤單與寂寞。你依靠著陌生人的善意而前進，他們的鼓舞讓你保持了對於前方的嚮往。而那就是人與人之間，最單純的愛。

所以，親愛的，請不要吝惜給予路上偶遇的人們溫暖的微笑與眼神，不要在他們需要的時候吝惜伸出你的援手。那麼，在他們記憶的盒子裡，或許也將收藏對於你的美麗紀念。

不只是別人的故事

每天翻開報紙的社會版，你看見了什麼？

除了無常，還是無常。

種種意外與災難，日日在這個社會的每個角落發生

看起來是別人的故事，卻提醒了你的人生。

要善待你周圍的每一個人。要把時間用在值得的事物之上。要珍惜目前所擁有的。要有勇氣去完成夢想。要適時說出愛。趁一切都還來得及的時候。

別讓自己遺憾

有許多事，在你還不懂得珍惜之前已成舊事；有許多人，在你還來不及用心之前已成舊人。

遺憾的感覺一再發生，但過後再追悔「早知道如何如何，那時候就應該如何如何」是沒有用的，「那時候」已經過去了，你懷想的那人也已經走過了你的生命。

「它來如花開，去如花萎，無常迅速，逝若光影。」人與人的交會難以預測長短，但時光匆促是必然，誰也不知道離別何時會到來，所以，親愛的，就從現在開始，善待你周圍的每一個人。

真實的溫度

IG、Blog、Facebook……網路上有這麼多平台可以與人溝通，可是你還是常常覺得好寂寞。

往往是掛在電腦前的時間愈久，你愈感到空虛。

也許你需要的不是Facebook的朋友人數，而是face to face的微笑與眼神。

那種人與人之間的氣味、觸感與擁抱，那種交會當下的時空變化，是再先進的電腦也無法取代的。

一千個虛擬世界的帳號，不如一個可以一起去散步的朋友。

真實的交流才有溫度。所以，親愛的，何不現在就關上電腦，約一個朋友去走走，去和這個世界打招呼，去感覺人與人之間真實的溫度。

卷四

惡意的關係

親愛的，如果遇到不友善的人，
你該怎麼辦？

也許你無法決定別人如何對待你，
但你一定可以決定如何對待自己。
別讓自己陷溺在別人的負面情緒裡，
別把別人的問題變成自己的問題。

放下他對你的影響力

那件事就到此為止吧。

在這之前，是他在傷害你，在這之後，若是你還在意，那就是你在傷害自己。

拒絕受苦是你與生俱來的權利，這份權利不該為任何人而放棄。

對某人耿耿於懷或是對某事忿忿不平，也是一種負面的紀念，但那個人或那件事，並不值得你這樣天天放在心上。

忘記對你不好的人，放下他對你的影響力，別因為他而為難了自己。親愛的，這是愛自己的方式之一。

體貼別人也體貼自己

那個人為什麼用那種態度對待你呢？你百思不解。

心思要細，神經要粗，是讓自己在人際關係裡快樂的方法。你只須用心待人，卻不必把自己的情緒也夾纏進去。

心思細是體貼別人，神經粗是體貼自己。下次見面，還是愉快地跟那個人打個招呼吧。他的不快樂不見得是跟你過不去，但你因他的不快樂而胡思亂想也變得不快樂，就肯定是和自己過不去了。

別讓感覺傷害你

你「感覺」對方對你不友善，你因此耿耿於懷。

也許你是對的，也許他真的對你存有敵意，但你其實不必刻意「感覺」你的「感覺」，這樣消除不了他的敵意，只是攪壞了你自己的情緒。

「感覺」這種東西既微妙又虛幻，只有當你意識到它的時候，它才存在，才是活的，才能左右你的情緒，才會產生影響力；可是當你不在意它的時候，它就消失了，而一個消失的東西，不能再傷害你分毫了。

你「感覺」對方對你不友善嗎？只要不關注這份感覺，它就不存在，親愛的，你也就超越了。

先去刷刷牙吧

想罵髒話的時候，忍一忍，先去刷刷牙吧。

當然你要在牙刷上塗一層牙膏。你喜歡什麼口味？草莓還是蘋果？或者薄荷也不錯。

刷出一嘴泡沫，漱口，然後用力地「呸」一聲，吐出嘴裡讓你不爽快的東西。

好啦，現在你已經得到了發洩。如果你還是覺得舌頭上有欲語還休的髒話，別急，再刷一次牙。

隨時保持口腔清潔是一種基本美德，何必為了一個不值得你浪費唇舌的人，汙染了你乾淨的牙齒。

把討厭的人卡通化

你是不是覺得周圍有些人很討厭，讓你感到不舒服？那就把他們卡通化吧。

例如，那個好管閒事又囉哩囉唆的同學，把他想成櫻桃小丸子的班長丸尾君。

例如，那個喜歡搔首弄姿的女同學，把她想成迪士尼的豬小妹。

例如，那個兇巴巴的老師，把他想成酷斯拉。

現在，你是不是覺得他們忽然都變得好有趣？

如果不能改變讓你討厭的人，就改變你看待他們的眼光吧。

如果有人讓你緊張

那個人的存在令你緊張。只要一想到可能在電梯裡遇見他，你就開始煩惱如何度過那種尷尬的場面；只要一看到他遠遠地往這邊走來，你就本能反射般地立刻繞道而行。

其實你也不是討厭他，只是總有人會莫名其妙地令你感到不自在，這使你每回出現在那個人可能出現的場合，都忍不住戒備、偵防，像是出發去打仗。

也許有時候，是你想太多了。

也許不是他的存在讓你不自在，而是你自己的想像令你緊張。

如果下次再看見那個人的時候，你還是會覺得神經緊繃，那麼，無所謂，別緊張，就繼續發揮你的想像，把他當成一棵會移動的樹吧。

擦地板的時候想一想

和別人發生意見上的紛歧，甚至造成言語上的衝突，你因此悶悶不樂，因為你覺得都是別人惡意。

別再耿耿於懷了，回家去擦地板吧。

拎一塊抹布，彎下腰，雙膝著地，把你面前這張地板的每個角落來回擦拭乾淨。

然後重新省思自己在那場衝突中，所說過的每一句話。

現在，你發現自己其實也有不對的地方了，是不是？你漸漸心平氣和了，是不是？

有時候你必須學習彎腰，因為這個動作可以讓你知道謙卑。勞動身體的同時，你也擦亮了自己的心緒。

而且，你還擁有了一張光潔的地板呢。這是你的第二個收穫。

微笑也是一種能力

如果你對他微笑，他卻仍以冷臉回應你，請先不必生氣。

因為，他笑不出來，可能是為了種種你想不到的原因。

身體不舒服。剛剛掉了錢包。走路踢到鐵板。吃到一個壞掉的蛋糕。睡覺扭到脖子。統一發票全部沒中獎。接到情人的分手信。熬夜寫的報告沒過關。提款卡被提款機吃掉了。其他種種不幸不勝枚舉。

總之，他那僵硬的表情，很可能是因為他日子過得不好。

而你怎麼忍心和一個烏雲當頭的人計較呢？

原諒他吧，他的冷漠，只是因為失去了微笑的能力。

生氣也要花力氣

今天的你，是不開心的你，因為有人在言語間刺傷了你。

你不喜歡吵架，所以你離開；可是你只是離開了那人，卻沒有離開被那人傷害的情境，因此你愈想愈生氣。

愈有氣，你就愈沒有力氣去理會別的事情，許多更該用心去做、去想、去處理的事件，就在你漫天漫地的心煩意亂之中，被輕忽、被漠視、被省略了。因為，你只是一心一意地在生氣。

在情緒上作文章，這是對自我的浪費，而且是很壞的浪費。

所以，聰明的你，別讓情緒控制了你，快快離開被那人傷害的情境，把他對你的影響力減到最低。

生氣也是要花力氣的，親愛的，別為了損傷你的人傷了自己更多的元氣。

負面情感

有時候，你對某人發了脾氣，事後卻覺得整個人失落又疲倦。
因為憤怒是一種高度的能量，所以盛怒中的你激越高昂，發怒完的你卻萎頓低迷。
生氣不只是一種情緒，而且還是一種情感，對某個人的負面情感。
因此，親愛的，不要隨便浪費你的情感在不值得的人身上，若真的要生氣，也應該對值得生氣的人生氣。

他是誰？

他是誰？

因為聽說有人在你的背後惡意侮蔑你，所以你感到滿腹冤屈。

但是，親愛的，在難過之前，先想想那個人對於你的意義吧。

他是你的朋友嗎？不，你們之間其實沒有深刻的交情。

他是你的敵人嗎？不，你從來沒有把他當成你的對手。

那麼，對你來說，他不過是個無關緊要的人罷了。

既然是無關緊要的人，他怎麼可能傷害得了你呢？

既然是無關緊要的人，你又何必在意他的惡意呢？

先沉澱一下

因為那個人做出了讓你生氣的事情，所以你的怒火蓄勢待發。但是在發作之前，請先忍耐一下，至少今天別去與他理論這件事情。畢竟壞情緒總是令人口不擇言，先前是他錯，之後可能卻是你的不是了。

就算要吵架，也該熬過今夜，把所有的事件思前想後再說；經歷了黑夜的沉澱和清晨的過濾，你的思路會更冷靜，心也會更清明。

先忍忍吧，親愛的，在情緒惡劣的火山口，你噴出的只會是岩漿和烈焰，燒灼了那個令你生氣的人或許很痛快，卻也很難不被自己的熊熊怒火所灼傷。

明月溝渠

你確定他背著你說了那些話，你因此感到非常非常地生氣。

你曾經以為他是個值得信賴的朋友，所以才向他袒露你的種種脆弱與煩惱；你沒想到他竟然會把你那些不該宣揚的秘密和心事公諸於世。

但你為什麼生氣？是不是因為他辜負了你對他的信賴？

然而願意信賴他的是當初的那個你──所以真正氣的人也許是你自己。你氣自己識人不清。你氣自己以為心託明月，誰知明月卻照溝渠。

但再怎麼氣也和對方沒關係，只是懲罰了你自己。不值得的。

如果你已經為了識人不清而付出了一次代價，就別再為了他生氣而付出第二次代價。

何必

那個人總是對你愛理不理，而你實在想不起是何時得罪他了？為了扭轉情勢，每一次，你都積極地向他微笑打招呼，用力地向他示好，但他也只要一看見你就彷彿得了暫時性的眼盲兼耳疾，你所有的表示他都全無反應。於是你懷疑自己是否在瞬間成了隱形人？或者是否忽然變身為螞蟻般微不足道的存在？

你沮喪失落，你坐立難安，你不懂為什麼自己不討他喜歡？可是你何必討他喜歡？以前的他對你並不重要，以後的他顯然也不會對你的生命有什麼重大影響，所以你又何必讓現在的他翻攪你原本的好心情？

你說：「真奇怪，他到底在想什麼？到底是為什麼對我懷有如此敵意？」

親愛的，何必管他怎麼想，如果這個人在你生活裡的唯一作用只是翻攪你，那你又何必給他機會？何必猜測他的想法？何必讓他在你的心裡占有一席之地？

油漆未乾

怎麼啦？看你一臉「油漆未乾」，一副拒絕別人靠近的模樣。

你有心事，你覺得委屈，你剛剛才哭過一場，因此你不想和任何人說話。

可是親愛的，當那個人把不快樂帶給你之後，你又何必把不快樂這種討厭的病毒再傳染給別人？

所以，去吹吹風吧，去曬曬太陽吧，別讓濕濕黏黏的油漆繼續停留在你臉上。

然後，你不妨把自己當成一把粉刷過的椅子，邀請關懷你的朋友坐下，說一說你心裡的話。

咬人貓

深山裡，有一種植物叫做咬人貓。
咬人貓不太友善，葉片上布滿了含有毒汁的刺毛，如果你不小心碰到了它，它就會狠狠咬你一口。
你的四周，也有這種咬人貓一般的朋友。
這種人不太友善，你曾經企圖對他示好，卻慘遭毒汁噴濺，莫名其妙地被他狠狠咬了一口。
可是萬事萬物都有其存在的必要。就像深山裡的咬人貓能解蛇毒，你那咬人貓一般的朋友，也有他的功效。
至少，他教會了你熱情不適用於所有人的道理。
至少，因為他的存在，你會常常提醒自己，不要當一株讓人難以接近的咬人貓。

非裝飾品

因為一時興起，你買了一個奇形怪狀的東西。賣那個東西給你的人告訴你，它是個裝飾品。你對它左瞧右看了半天，確定它沒有任何功能，的確也只能是個裝飾品。

可是當你把它抱回家之後，卻發現不論把它擺在家裡的哪一個角落，看起來都很突兀，不但毫無裝飾的作用，反而破壞了原有的和諧。為什麼會買下一個「非裝飾品」的「裝飾品」呢？你對自己感到懊惱與不解。

這種感覺，就和你把心思放在那些對你不友善的人身上，是一模一樣的。

是呀，為什麼你總是花很多時間去想著那些不喜歡你的人呢？許多時候，許多不可愛的人只是你生活裡的「非裝飾品」，不必理會他們為什麼粗魯無禮，更不必把他們放在心上帶回家。

不必為了不喜歡你的人而否定自己

常常，你用來想著不喜歡你的人的時間，比用來想著喜歡你的人多，而且多很多。

因為被他的冷漠與無禮所干擾，所以你總是困惑著自己是不是有哪裡不夠好？

但是你真的有必要去苦苦思索這其中的原因嗎？說不定只因為你開朗的笑聲就得罪他了，或者他就是看不慣你神采飛揚的模樣。而你永遠不會得到真相。

親愛的，你就是你，不必為了不喜歡你的人而否定自己。那個人對你的生命沒有任何影響，他用哪一種眼光看你也無關緊要。

所以別再把心思浪費在那些與你的生命沒有交集的人身上，與其被一個對你不友善的人占據了心思，不如用同樣的時間去關注更值得你用心的朋友。

一笑置之吧

他在你的背後哇啦啦地編派你，又在你的面前嗚呱呱地攻擊你嗎？

親愛的，一笑置之吧。

會這麼做的人，是那種被他自己內在的負面力量控制的人，從另一個角度來看，其實他也是不由自主的啊。

一個人若是充滿了負面的能量時，那內心裡的陰暗已夠讓他痛苦，所以他才會變成一隻到處亂飛亂說亂放話的烏鴉。

而且，所有的憤怒與攻擊都表示內在的恐懼與缺乏，否則他何須武裝自己呢？

親愛的，不必動用與他一樣負面的情緒去對抗他，那有失尊嚴，也浪費能量。

因此，淡淡地看著他就好，默默地把他當成鍛鍊修養的對象就好，靜靜地祝福他就好，一切若無其事就好。

仙人掌

一向對人友善的你有時也不得不承認，這個世界上真的有那種無地放矢的人，他們擺不平自我內在的缺乏，就以幼稚的方法暗箭傷人。

如果你是他攻擊的對象，這往往表示，你活得比他好。

所以，你最好的言語就是不言語，最好的反應就是不反應，最好的感覺就是沒感覺。

只要你的境界比他高，他就傷害不了你。

就把他當做一株渾身遍布尖刺、內在缺乏水分的仙人掌好了，何必去意識他的存在呢？讓他孤獨地活在沙漠裡吧。

網

那件事確實令你感到不舒服。

那種感覺，就好像你經過某個陰暗的屋簷下，不小心沾上了蜘蛛網，絲絲縷縷纏上身來，有點黏膩，有點噁心。

人生難免有這樣的時候——你明明很無辜，偏偏就是有人站在暗處，對你發散出一股莫名其妙的惡意。

於是你百思不解，不明白自己為什麼會與一張蜘蛛網發生關聯？

親愛的，何必解析這份惡意？一顆陰暗的心，往往連他都不明白自己在做什麼，又怎是無辜的你能理得清？

把那張黏人的蜘蛛網輕輕拍掉就好了。存心害人是他的問題，不是你的。只要不在意，他就不能眞正傷害你。

但是，如果你還要讓那張蜘蛛網繼續掛在你的心上，親愛的，這就是你的問題了。

冷處理

如果有人說了讓你覺得不中聽的話，你該怎麼辦？

首先要明白他說那些話的動機。若他的出發點是善意的，那你應該覺得感激。

若他只是有口無心，則一笑置之過去。

若他真是存心故意，則不妨冷處理，也就是淡漠不回應。

這就好像，當有人寄了一顆炸彈給你的時候，如果你已經知道包裹裡是什麼，還會簽收它嗎？

冷處理，別接收那份惡意，讓他去唱獨角戲。

沒有你的回應，親愛的，他的戲也就唱不下去。

荷葉上的水珠

他喜不喜歡你，並不重要。

你喜不喜歡自己，才值得計較。

如果你真心喜歡自己，不會為了他對你的評價而動搖。因為你知道，在他充滿偏見眼中的你並非真正的你，所以他如何論斷你都和你沒有關係，他再怎麼貶低你也無損於你真實的價值。

因此，親愛的，就把他那些冷漠的眼神和譏諷的言語，當成荷葉上的水珠，不能固著也不能停留，你一笑置之，就讓它輕輕滾落了吧。

隨時隨地深呼吸

負面的情緒就像黑洞，盛怒之中，你好似被一股邪魔的力量入侵，控制不住自己，只能任由整個人被黑暗的勢力吞噬。

而在怒火之中噴出的話語，就像炙人的岩漿，具有無可挽回的殺傷力，燙傷了對方，也掩蓋了自己的原意。

這樣大大發過一頓脾氣之後，你流失了元氣，耗損了能量，賠上了健康，卻什麼也沒得到，只覺得空虛。

因此你說，你再也不要這樣了。

那麼，下一回，當你覺得怒氣又要上升的時候，深呼吸，慢慢地從一數到十，把注意力從對方身上轉向自己。與其責備別人，不如觀察自己情緒的變化。

親愛的，先讓自己心平氣和吧。你不必改變對方，只需要轉化自己。隨時隨地深呼吸，穩定內在的情緒，無論面對任何狀況，都別給黑暗勢力可乘之機。

也是一種緣分

你說，你不喜歡那個人，他的存在令你不悅。

但你知道嗎？他在你生命中的出場，其實是出於你潛意識的召喚。因為你需要他的存在。

可能是為了某種人際關係上的學習，可能是為了得到某種曲折的領悟。雖然他在你的人生中扮演了不討喜的角色，但沒有他，你就無法完成某一段特殊的生命經驗。

所以，親愛的，心平氣和地看待與他的緣分，任何人會出現在你的生命中，都有他存在的意義。

反派角色

那個人做了那件事，對你造成很糟糕的後果，使你久久不能釋懷，也難以原諒。

這就好像一齣戲裡總要有個反派角色，那個人在你的人生裡擔綱演出的正是壞人一角，而壞人總是為了襯托好人才存在；但也因為他的演出，才讓你的這段人生有波折，有高潮，讓你更可以發揮主角的正面能量。

從某個角度來看，他只是陪著你演了一段戲罷了。

因此笑看這段戲碼吧。沒有什麼真正的壞人，一切本來都是戲。若沒有像他這樣的反派角色，就不會襯出屬於你的千迴百轉與高潮迭起。

都是他的錯？

關於那件事，你說，都是他的錯。

但是，真的是這樣嗎？

如果都是因為他才演變成今日的局面，那麼一切就是由他主導，你只是被動承受這樣一個你所不願的結果。

然而，親愛的，你是一個被人牽著走的傀儡嗎？

「都是他的錯」看起來是在指責對方，其實是暗示自己的無力與軟弱。

不只是他的錯，你才能靠著自己的力量去改變；當類似事件發生時，你也才能記取以前的教訓，不再犯同樣的過錯。

與其指責別人，不如想想自己還能做什麼。親愛的，勇於面對與承擔，不諉過他人，這是對自我的掌握。

路人

你放了太多注意力在那個對你不好的人身上。你在意他敵意的態度、挑釁的言語，還有他故意製造的冷漠氣氛。

但他其實不是你的朋友，甚至不是你的敵人。雖然他出現在你的生活四周，然而他之於你的意義，卻接近路人。

可是，你想著他的時間，卻比想著你所喜愛的人的時間還多。

這樣是不是有點荒謬呢？

他只是你生活中的路人啊。在你的情感世界裡，他根本一點也不重要，你又何必對他朝思暮想，而且還想得如此難受？

親愛的，別再把你的心思和情緒浪費在他的身上了，畢竟他又不是你的什麼人，只是一個路人。

嫉妒是一隻蚊子

對於別人的表現，你偶爾會感到失落，那是嫉妒的心情。
但嫉妒是一隻討厭的蚊子，除了把你叮得渾身不自在，沒有任何好處。
揮去名為嫉妒的蚊子，別讓牠嗡嗡作響，然後靜下心來想一想，別人所得到的位子，真的是你想望的舞台嗎？
不，你的心中其實另有天地。
與其被嫉妒的蚊子困擾，親愛的，還是努力成為一隻蝴蝶，飛往自己想望的世界吧。

流言

飄來飄去。好多好多的流言在你耳邊飄來飄去。

你無法阻止，但至少不要傳遞，讓流言從別人的嘴巴到你的耳朵就好，別再讓它們從你的嘴巴到別人的耳朵，這是明哲保身的鐵律——千萬不要把自己的情緒夾纏進去。

如果你成了流言的主角，也不必太過憂慮，只要是了解你的好朋友，自然會信任你；而其他與你無關痛癢的人，就隨便他們去。反正流言總是隨生隨滅，只要不在意，一段時日之後，它們自然會消失無餘音。

當有人把墨水滴進你的杯子裡

那個人以一種不懷好意的口氣對你說了那句話，於是你的心情在瞬間盪到谷底。

但是，親愛的，那不是事實，而是他故意的貶低，你實在不必讓自己如此不開心。

那就像是他把一滴墨水滴進了你的杯子裡，染濁了杯中的礦泉水，而你還勉強自己把那杯水喝下去。

所以，親愛的，倒了那杯不能喝的水吧，不需要接受別人惡意的貶抑，別讓存心傷害你的人汙染了你清清如水的心靈。

吹過的風

他的話刺痛了你，就像黑夜裡飄來的種籽，落在你心思的隙縫裡，很快長成一株植物，結出酸苦有毒的果實。

親愛的，對於那些於你無益的言語，當成吹過的風就好了。

這陣風經過的時候，也許它曾經掃過你的臉頰，或是捲起你的髮絲，但過了就讓它過了吧。

即使它像颱風那樣具有殺傷力，但只要你自信的屋頂蓋得夠牢靠，那麼也不過是一陣風而已。

不管他是無心或是故意說那些話來傷害你，都沒有讓它停留的必要。

因為，那是吹過的風，而不是風中的種籽；要讓它過去，而不是讓它發芽。

你的身後有什麼？

嘿，你有沒有發現，只有在照鏡子的時候，你才可以清楚看見自己的身後？

可是人不可能永遠面對著鏡子，所以絕大部分的時候，你看不見身後發生的事情。

也許你懷疑有人在你的背後說你的壞話，也許你感覺有人在你的背後悄悄扯你的後腿。可是那畢竟只是你的臆測，說不定在你的身後，空無一片才是生命的真相。

其實連眼前所看見的都不一定真實，所以你又如何能掌握身後？

這個世界本來就是一面巨大的鏡子，只有在你看著它的時候才有影像，當你轉過身，也許鏡子裡的一切就消失了，甚至鏡子本身也消失了。

如果消失與空無才是生命的本然面貌，那麼，你還會擔心有人在你的背後說你的壞話嗎？

離開火山口

站在火山口上，誰能抵擋當下那個熊熊烈燄的力量？若是任由怒火燎燒，結果自己也將被火舌吞噬。

憤怒後面常常連結著挫折感與無力感，所以當一個人冒火的時候，看起來好像在逞強，其實在示弱。

一個真正的強者，往往是氣定神閒的。

因此，親愛的，離開火山口吧。怒氣暴衝的時候，與其留在原地任由火爆場面失控，不如暫時走開讓雙方冷卻下來。

別人的問題

你要常常想著愛你的人對你的好，不要常常想著不愛你的人對你的不好。

前者會讓你感到生命的豐盈美妙，後者只會使你覺得難過苦惱。

那些對你不好的人之所以在你面前設下冷漠的柵欄，往往只是因為他們自己內心充滿了痛苦的尖刺。

換句話說，如果有人用惡劣的態度對待你，那是因為他自己正處在惡劣的狀態。

所以，別讓他的狀態，影響了你自己原本美好的狀態。

更何況，那些對你不好的人，對你來說其實並不真正重要。

親愛的，也許你無法決定別人如何對待你，但你一定可以決定如何對待自己。

別讓自己陷溺在別人的負面情緒裡，別把別人的問題變成自己的問題。

啃吐司

那片吐司已經過了最佳賞味期限，所以啃著它的你，覺得像在啃一堆木屑。

顯然木屑一樣的吐司和你欣賞美食的舌頭溝通不良，於是，你忽然想起了那個同樣與你溝通不良的人。

那個人所使用的邏輯和語言都與你不同，只要與他談上兩句話就忍不住要頭頂冒煙，所以有時你簡直會懷疑他是否來自土星。

也只有碰到那種來自土星的人，你才會珍惜你身旁那些正常的地球人，因此你偶爾也應該碰到一、兩個來自土星的人，他會讓你懂得對相安無事的平凡日子感恩。

就像你偶爾也應該吃吃過了最佳賞味期限的吐司，你才會知道普通的吐司有多美味。

冥王星

為什麼眉頭緊皺？又想起那個令你不開心的人了嗎？
事情早就過去了，卻還是讓他的負面作用繼續影響你嗎？
啊，把他當成冥王星一樣的存在吧。
在你個人的太陽系裡，距離最遠的那顆星，已經被流放到軌道最外圍，所以你又何必對他念念不忘呢？
要常常想著代表愛與美的金星，那才是離你最近的星球。
至於冥王星一樣的他，親愛的，還是快快把他從你心中那個小宇宙的行星體系除名吧。

卷五

斷捨的關係

親愛的，連衣服都需要斷捨離，
人際關係又何嘗不是呢？

人生必須學會超越，才是真正的完整。
而放下後的豁然開朗，也才是真正的自由。

帶刺的毛衣

有些事以前可以，現在你卻覺得其實不可以。

例如以前會穿那種好看卻帶刺的毛衣，現在你卻會毫不遲疑地把穿起來不舒服的衣服捨棄。

因為你明白，衣服需要斷捨離，朋友何嘗不是？

若相處起來只覺得在忍受，就不需要委屈自己。言語中充滿針刺的人，或許也就像帶刺的毛衣。

朋友如衣服，重要的不是好不好看，而是相處起來舒不舒服，如此而已。

何必邀請討厭的人來陪伴自己

你又想起了讓你不開心的人，想起他說過的那些傷害你的話，也想起他做過的那些讓你難過的事。

想著想著，你的心情下降，怒氣卻節節上升。

於是原本好好的一個早上或一個晚上，又被這個人搞砸了。無論你走到哪裡，無論你做什麼事，這個討厭的人都與你緊緊相依，如影隨形。

親愛的，每當你想著讓你不開心的人，就是對他發出邀請函，默許他來陪伴你，打擾你，破壞你。

但你並不歡迎他呀。

所以，放下他吧，隨他去，別再讓討厭的人來陪伴自己。

轉身走開吧

那個人在存心故意的情況下，掌摑了你的右臉，你會把左臉也送上去給他打嗎？如此以德報怨，恐怕不能改善他對你的態度，只會讓他更加無禮。參考歷史，你就知道殷鑑不遠。

所以，你為什麼要一再犧牲自己的尊嚴，只為喚醒那人渺不可及的良心呢？那並非對他好，於你也無益。

你不如轉身走開，從此與他絕交息遊，不再往來。做人是該有修養，可是也該有原則。

但也不必為了堅持以牙還牙而去掌摑他的臉，因為，失去了你的友誼，已經是他最大的損失了。

朋友也該斷捨離

雖然知道他是個只會給你惹麻煩的壞朋友，可是你說，基於多年情誼與道義，你實在不忍心將他拋棄。

其實你也知道，在經歷過這些風風雨雨之後，所謂的情誼差不多已被消耗殆盡；基於道義，恐怕只是你片面的守信而已。

朋友也該斷捨離，並不是所有人都可以當一輩子的朋友。有些人就是不值得當朋友，甚至也不值得當敵人，所以你何不讓他去，並且還給自己一片雲淡風輕。

雲的答案

對那件事，你覺得不解。對那個人，你無法釋懷。

那麼，抬頭看看天空吧。

看看雲的聚散，那絲絲縷縷流動不停，不就像是人生裡的種種無常嗎？

人心捉摸不定，世事變化多端，這世上的一切本來就沒有什麼是固定不動的啊。

而你的所思所感也像雲一樣，以輕煙為本質，處於流動狀態，不會永遠不變。

既然一切都只在當下，那麼當事情過去之後，又有什麼不能放下呢？

不解不懂或不能釋懷的時候，只要仰望無盡的穹蒼，親愛的，你會發現，原來人生裡所有的答案，都已經寫在雲上了。

別被幻影抓住了

對那個人，你總是說你放不下。其實，是放不下你自己吧？

對那件事，你總是說你不能放心。其實，是不能放手吧？

於是，每日每日，你記掛著那個人那件事，就像拖著一袋垃圾到處走，把自己弄得沉重又不清爽。

早該放下卻遲遲不放手，這是你對自己的賭氣嗎？

那個人那件事已經與你無關了，你卻用繩索自縛雙手，心甘情願地繼續被控制嗎？

於是，每日每日，不是你緊緊抓住那個人那件事，而是那個人那件事的幻影緊緊抓住了你。

喝杯茶吧

那杯茶閒置太久，已經冷了。冷茶沒了香味，卻多了一股鐵鏽般的澀味，就算重新再加熱，也沒有人想喝。

當一顆心被閒置太久，亦會逐漸變得冰冷。冰冷的心很難再加溫，就算千方百計送進微波爐去調整溫度，這顆冷過復熱的心，也不再是從前那一顆。

不，沒有什麼能挽回的，你只能重新開始。即使是面對同一個人，也該用一種新的態度去建立新的關係。過去心已不可得。

就像倒掉那杯冷茶，再泡一杯熱的。

馴養一隻鳥兒

你喜歡那隻在天空裡飛翔的鳥兒，你羨慕牠的自由，你希望與牠親近，你甚至企圖擁有牠的翅膀。

「我應該準備一只鳥籠嗎？」你問。

馴養一隻鳥兒有很多方法，不需要把牠關進籠子裡。如果一定得用到籠子，牠也不是真正屬於你了。

而且，喜歡牠，就是因為牠的自由，若牠一旦被你所擁有，豈不同時也失去了自由？

飛翔在天空裡的鳥兒和關在籠子裡的鳥兒，還是同一隻鳥兒嗎？

同樣的，一個喜愛自由的靈魂，和因為愛你而不得不放棄自由的靈魂，還是同一個靈魂嗎？

不適當的溫柔

他向你告白，你心裡湧起的感覺不是如花綻放的開懷，而是迷惑不安。

你並不討厭他，可是也沒有怦然心動的喜歡。

於是你給了他一個模稜兩可的答案。你心裡想，先擺著吧，過一段時間再看看。

但是，親愛的，他又不是一件你暫時不想穿的衣服，不該這樣被你收進情感的衣櫥角落裡。

現在不能讓你動心的，以後也不會忽然使你改變了眼光。

曖昧不明又拖泥帶水，必然累積了他對你的期望，同時也累積了期望破裂時的損傷。不適當的溫柔，有時反而是加倍的殘酷。

所以，親愛的，該拒絕的時候，就要清楚地拒絕。當你對他沒有愛意的時候，至少要有拒絕的善意。

有心與無情

許多時候，對於人與人之間的因緣際會，你往往只能有心，但是無情。

有心，是記得，並給予祝福；無情，是個人時間有限，因此無以為繼。

如果已確定無以為繼，卻還是念念不忘，那就是個人的多情；但這樣的多情無益於對方也無益於己，反倒成了濫情。

與其濫情，不如無情。與其多情，不如保持心的清淨。

你不需要為別人的心情負責

別人的壞心情和壞天氣一樣，並不在你可以控制的範圍，也不該由你來負責。

別人的壞心情是發生在別人的小宇宙裡的氣象，有它的成因與路徑，你無法明白來由，也很難改變。

所以，看著別人的壞心情，就像看著遠方的衛星雲圖，知道目前不宜入境就好，不必把自己的心情也捲入。

親愛的，就像不要被壞天氣影響了自己的心情一樣，別人的心情，有時真的只能是別人的事情。

讓你傷心的角色

你說，那個人傷了你的心。

被傷了心的你，總是聽見自己內在碎裂的聲音。

在你的生命中，一定會有某些人扮演讓你痛苦的角色，如此，人生的劇情才會有起伏，你的內心戲也才會精采又豐富。

但親愛的，不要白白受苦了，要從痛苦中超越。

這個讓你傷心的角色，他的出現就是為了提醒你，人生必須經歷超越痛苦的過程，必須學會放下與斷捨，才是真正的完整。

而放下後的豁然開朗，也才是真正的自由。

人與人之間有時需要剪刀來處理

你的面前有一條結了許多結的繩索，你在這頭拚盡力量試圖解開一個又一個的結，那人卻在那頭不斷結著一個又一個的結。

你的雙眼刺痛，你的雙手被粗糙的繩索磨破了皮。你這頭是解不完的結，他那頭卻是結不盡的結。最後，疲累萬分的你只好找來一把剪刀，用僅存的力氣一刀剪下。

喀嚓，繩索斷了。喀嚓，你與那人從此各分兩頭。

如果有些事情已經無能為力，如果一份感情已經無以為繼，如果你耗盡了自己依然無法讓對方回心轉意，那麼，快刀斬亂麻可能是你需要的勇氣。

畢竟，人與人之間不過是一條繩索的結與解。

畢竟，人生裡的困境有時必須用剪刀來處理。

一秒

對於許多事，真的不必太在意，因為只要你用心一想，就會發現根本不重要。

例如有人超了你的車，搶了你的道時，也許就破壞了你整條路上的心情，但你與他的交會不過是擦身而過的那一秒，在這之前你不認識他，在這之後你也不會再看見他，對你來說，他的存在從以前到以後都無關緊要。

所以，又何必為了那一秒而破壞了一條路？

親愛的，其實有太多令你悶悶不樂的事，都像是被別人超車搶道這種微不足道的小事，根本不重要。

因此就讓那些事在你心頭停留一秒鐘就好，然後嫣然一笑，任由情緒的煙塵隨著時間的馬蹄過去了。

如果汽球破了

沒有必要繼續死守著那份傷痕累累的情感，那就像緊抓著一個到處都是破洞的汽球，任你再怎麼努力為它灌氣，它也不可能再度飛到天上去。

當信任感完全粉碎，安全感也就轟然倒塌，這時除了對往昔的惆悵，兩人之間還剩下什麼？

親愛的，不要為了一個再也飛不起來的汽球而傷心。感謝他曾經愛過你，也要有勇氣接受這份愛的幻滅。

從此以後，要為自己加油打氣，要期待下一次的全新相遇，要讓自己堅強又美麗。

也要更懂得愛自己。

離開極圈

你忍受著那樁不愉快的關係。你說那並不是你想要的感情。你抱怨愛不該是那樣的對待。你卻一直持續著不快樂的狀態而不走開。唉唉，你為什麼要住在北極圈裡忍耐嚴寒的天氣？你明明知道，只要下定決心往南移動，就不必再和惡劣的環境搏鬥。

極圈內只有荒寒的冰雪，極圈外才有生機盎然的花草樹木鳥獸蟲魚，一直待在極圈裡的你也許沒見過，至少你聽說過。

因為無知而忍受還情有可原，明明知道卻繼續委屈自己，這又是何必？

親愛的，離開極圈吧，往溫暖的方向移去，你可以不必忍受冰雪般荒涼的感情，極圈外有更繽紛美麗的天地。

打包

有些事，現在的你如果想不通，就別想了吧。

有些人，現在的你如果無法面對，就別面對了吧。

有些困擾，現在的你如果不能處理，就別處理了吧。

有些情緒，現在的你如果不知如何分析，就別分析了吧。

不想不理不是逃避，而是暫時讓自己從煩惱裡抽離，若再繼續糾纏下去，恐怕只是讓自己更深陷於一團亂局。

現在的你沒有辦法處理，不代表以後的你也如此無能為力，所以親愛的，你何不把那些事、那些人、那些困擾和情緒暫時打包裝箱，等到你有能力去解決的時候，再從容優雅地處理。

暫時離去

如果那個人所說的話讓你感到情緒不穩，親愛的，先別急著解釋或反擊，因為這時所說的話，往往會令你事後感到後悔。

畢竟，情緒是最不可靠的東西；在情緒的當口，言語的交鋒常常只為了駁倒對方，沒有建設性，只有殺傷力。

在這種時候，與其喋喋不休地留在原地，不如沉默地離去。

離去，讓自己安靜地把事情想清楚，也給對方一段獨處的時間，等到雙方火燙的情緒都冷卻了，再嘗試溝通。

記得，暫時的離去，不是為了逃避，而是為了回來。

木瓜牛奶

你喝著冰冰涼涼的木瓜牛奶，你想這真是奇妙，牛奶是牛奶，木瓜是木瓜，攪在一起，就成了既不是牛奶也不是木瓜的木瓜牛奶。

這是不是有點像愛情呢？你是你，他是他，當你和他在一起，就成了既不是你也不是他的「你們」。

但是，木瓜牛奶永遠還原不了為最初的牛奶和木瓜。

然而，當你們決定互道珍重再見的時候，還好，還好，你還是你，他還是他。

放心與放手

你喜歡那個小盆栽，所以把她帶回家，每天餵水給她喝，但她從來不開花。

一天天過去，不知為了什麼原因，她甚至漸漸奄奄一息，好像快枯萎了。

你很難過，把她放到院子的角落，想讓她在那兒靜靜安息。

一段時間之後，你卻驚奇地發現，她不僅欣欣向榮，甚至還開出可愛的小花。

原來先前是因為你過多的照顧，給她太多的水，阻礙了她的發展。

當你放手，她反而能自由生長。

這就好像你和那個人的關係。當你過度關注，兩人之間總會有某種緊張，怎樣都不自在。當你輕鬆以對，一切就變得順暢。

再親再愛的人之間，也要能夠放心與放手。

在任何一段關係裡，親愛的，當你輕鬆了，兩人之間就能愉悅地流動，也才有天長地久。

時間到了

人與人之間，其實是有一定的「氣數」的。

你曾經與某個朋友十分親密，你曾經以為他就是你此生最重要的知己，你曾經這樣深信不疑，直到他做了那件傷害你的事情。

有些時候，誤會可以用心解釋清楚。

也有些時候，遺憾卻不必費力去彌補。

因為那並非原諒或不原諒的問題，而是你與他之間的氣數已盡。

時間到了。

時間到了。你與他同行已經夠久，接下來該是分道揚鑣了。

從此不是朋友，不是敵人，而是兩個不同方向的旅人。

流雲

因為風的緣故，一朵雲和另一朵雲相遇，合而為一。
也因為風的緣故，一朵雲散成棉絮，向無盡的天河飄流而去。
雲與雲之間，不知何時會合，不知何時散佚。
一如人與人之間，這一刻也許相聚，下一刻也許別離。
人世恰如流雲。雲總是依著風流，人總是跟著緣走。仰望天空裡的
雲散雲聚，就像看著人間種種無常。
也像流雲的好聚好散，親愛的，在如風一般的緣聚緣滅裡，你也要
有著雲來雲去的瀟灑與自由。

卷六

自己的關係

親愛的，你知道和任何人的關係，
都需要以和自己的關係為前提嗎？

所以，別再期待從別人那裡得到什麼了。
當你不再期待別人讓你快樂，
你才能得到真正的快樂。

幸福是一種個性

其實那就是一種個性。

恬靜淡泊，與世無爭，容易陶醉在芬芳的情境裡，喜歡享受自得其樂的歡愉。

像蝴蝶一樣。

沒有世俗的價值觀，也不會盲目地跟隨群眾的腳步。名利、地位、別人的看法……對蝴蝶來說，都不重要。

只要能在春風夏花之中自由飛翔，在花間草葉裡自在嬉戲，蝴蝶就會覺得快樂滿足。

所以，個性像蝴蝶的人不一定比別人幸運，卻往往比別人更容易感到幸福。

花的甜蜜

花兒從不拒絕蝴蝶的棲息，也不阻止蜜蜂來採蜜。
藉著吹過的風，花兒總是樂於和這個世界一起分享她的香氣。
一朵花之所以美麗，不只是她的外表，更在於她的個性。
親愛的，你也要像花一樣，不吝於展現你的優雅大方，你的甜蜜。

安靜的力量

一個總是喋喋不休的人，可能根本不知道自己在說什麼，他只是以嘴巴不斷地開合，來掩飾內在的慌張。

但如此說個不停，反而更明顯地呈現了心裡的不安。

話說得太多，漏洞多，破綻多，錯誤也多，而且其中絕大多數都是不必說。

你不會喜歡和一個喋喋不休的人在一起，自己也別成為了這樣的人，因此你要常常提醒自己，安靜是一種深邃的力量。

親愛的，當你可以感受安靜的力量，你說出去的話語才有能量。

想起了誰

每天清晨，當你醒來之後，第一個想起的人，是你的愛人還是你的敵人？

那個人將盤據你一整天的思緒，決定你那天主要的表情，左右你從日出到日落的心境。

在你的床邊放一本簿子，記錄你每天第一個想起的人是誰。這是檢驗你滿不滿意自己的一種方式。

如果你總是想起會讓你微笑的人，那就表示你近來的生活充滿了光采和芳香。

如果你總是想起會讓你皺眉的人，那麼，親愛的，也許是你應該有所改變的時候了。

你的情緒就是人際關係的天氣

你喜歡和煦的陽光與溫柔的清風，但你喜歡酷熱的驕陽和冷冽的寒風嗎？

風和光是天地的情緒，那麼你的情緒呢？

誰都喜歡和讓人舒服的人在一起，就像誰都喜歡讓人舒服的天氣。

所以，親愛的，要保持你的情緒溫和柔軟，舒服他人也舒服自己；別任由你的情緒成了驕陽和寒風，破壞了原本美好的關係。

你說的每一句話都有能量

親愛的，你常常讚美別人嗎？還是你常常對別人說一些尖酸刻薄的話呢？

語言本身就帶有電荷，可以傳遞能量，改變磁場。

所以，常說溫柔悅耳的言語，你的周圍自然形成暖洋洋的氛圍，往往可以帶動好事的發生。

相反的，一個總是冷言冷語的人，每說一句話就像放出一支冷箭，但那些冷箭也總是反轉回來，刺傷自己。

好話能愉悅你的世界，壞話卻只是傷害自己，因此，親愛的，每句話說出口之前，都該先想一想，那是一句好話，還是一句壞話？

想說與不想說的

想說「是」的時候，就坦白地說「是」。

想說「不」的時候，就勇敢地說「不」。

言不由衷只會讓事情的走向偏離你真正的期望。口是心非更是往往帶來麻煩的結果。

可以不受拘束地表達自己真正的心意，這是生而為人的基本自由。

不想說「是」也不想說「不」的時候，就保持沉默，什麼也不說。

親愛的，這也是你應該使用的自由。

不說

有些話當時不知該怎麼說，時過境遷後又覺得已經不必說，終於你什麼都沒說。

於是，常常你欲言又止。於是，往往你欲語還休。

生命中的許許多多，確實是說不清的。那些沒說的，統統被記錄在歲月的褶痕裡；那些已說的，也早已被遺忘在走過的道路上。

而不管說或不說，其中所有難以言喻的心情，天地都知道。

所以，一切也不必再多說。

寧靜戰士

憤怒的時候，不一定要對身旁的人高分貝叫嚷。

恐懼的時候，也不一定要哭給別人聽。

在人前大聲咆哮或是痛哭流涕，往往只是暴露了自己的脆弱，卻不能改變任何事情。

真正的改變總是在微笑中進行。一個身心寧靜的人，內在往往蘊積了更能扭轉局面的能量。

親愛的，讓自己成為一個深藏不露的戰士吧。你要打敗的從來不是別人，而是那個心中充滿憤怒與恐懼的你自己。

先當自己的好朋友

你渴望他的友誼，所以在他面前總是小心翼翼，深怕他會不喜歡你。許多時候，你猜測他的心理，並且努力把自己塑造成適合他的樣子。

但親愛的，不需要為了得到友誼而改變自己，如果委屈了自我，別人認識的你並不是真正的你，強求的友誼也不是真正的友誼。

做你自己，讓別人來對你好奇，讓別人主動想來認識你。不要扭曲自己去迎合別人，那不會讓你快樂，也沒有任何意義。

所以，先當自己的好朋友吧。友誼和愛情一樣，都該以愛自己為前提。

別為自己製造心的戰場

你常常在暗暗猜測別人對你的看法，並且總是以為人家對你有敵意，於是，你常常先武裝了自己。因為舉目所見到處鬼影幢幢，所以你也就不停地對著幻影比畫招式。親愛的，想想那大戰風車的唐吉訶德吧，你當然看見了他的可笑，但可曾發現自己與他相似的多心？因此何不丟棄你的盾牌與尖矛呢？當你緊握著它們，你就是在給自己製造心的戰場。當你放下了它們，才能欣賞風車在風中悠悠轉動的無爭與美麗。

火山爆發

也許你沒有見過火山爆發，但是你可以想像那種狀況：熾烈的岩漿淹沒了流過的土地，巨大的落塵掩埋了所有的生機。

一旦火山爆發，要經過數十年的歲月才能清除災難之後的痕跡。

當你因憤怒而失控的時候，亦如火山爆發：猙獰的面目成為別人難忘的印象，不智的言詞再也無法回收。

一旦你失了控，又要經過多久的時間才能撫平這貪一時之快所造成的後果？

每個人的心中都有一座火山的存在，只是可以自我節制的人心裡是沉睡中的眠火山，難以控制自己的人心裡則是隨時隨地都蠢蠢欲動的活火山。

同樣都是火山，但活火山只有荒涼一片，眠火山卻能長出清新的森林。

笑靨花

平常的日子裡，你偶爾會感到說不出的浮躁，不能心平氣和。與人爭執時，你總是急著強佔口頭上風，即使理直，氣也不柔。若是心生不平或心有不甘，你往往忍不住要逞一時之快，非要與對方一較高低不可，一點也沉不住氣。

偏偏事後你又總是懊悔。

其實一切都是因為恐懼的緣故。習慣自我防衛的你，總是恐懼著被傷害，或是恐懼著可能的失去，所以你要先發制人。

看過笑靨花嗎？生長在高山崖邊的她雖然身處險境，卻永遠笑臉迎人，她不怕被傷害，也無所謂失去。

學學笑靨花吧。擺平你的恐懼，從此心平氣和，理直氣柔，沉得住氣。

你無法取悅每一個人

你總是不願意讓別人失望，所以你總是努力讓自己做到最好。因為在意別人的肯定，因為期待別人的掌聲，使你的心裡充滿強烈的不安與模糊的渴望，於是你的內在一直處於動盪狀態，也是這樣的狀態迫使你不斷地往前奔跑。

可是親愛的，「別人」是誰？

「別人」其實只是一個虛幻的集合名詞，並沒有真正的標準，也沒有實質的意義。你不可能取悅所有的別人，也沒有必要讓每一個別人都滿意。

對自己的認知，才是你真正的價值。

所以，氣定神閒地去面對外界的一切，隨時隨地把別人的眼光當成過往雲煙。

如此，你會培養內在的安全感，會感覺到內在的寧靜。

然後，你會有不再輕易動搖的自信。

想想

想想，有什麼事，真的是你非完成不可的？有什麼目的，真的是你非到達不可的？有什麼人，真的是你非留戀不可的？

你的心裡總是堆滿了數不清的願望，但是那些人那些事，對你來說真的那麼重要嗎？也許只是一時的迷障，也許只是因為不甘心。有些人有些事，於你的生命其實無益。

就像電腦檔案有一定的容量，生命也有使用期限，你只能在有限的時間裡做有限的事，到有限的地方，認識有限的人。

所以，認真去做真正想做的事，也認真對待你真正喜愛的人，除此之外，就別再給自己多餘的負擔吧。

都是為了自己

處理這件事，你小心翼翼，同時也有點擔心，別人會怎麼看你？可是親愛的，你應該明白，不只是這件事，而是每件事，你之所以去做，都不是為了別人，而是為了自己。

每件事都有不同的角度，每個人都有不同的觀點，既然你無法同時兼顧所有的角度，也無法同時討好所有的觀點，那麼你至少要取悅你自己。

所以你現在知道了，不管是做什麼事，都有一個相同的重心：別人怎麼看你並不重要，重要的是，你怎麼看自己。

真正的和諧

你總是希望與任何人都保持和諧的關係，也總是在配合別人。

因此，即使你所做的和你所想的不一樣，即使別人給你的對待和你心裡的期待不一樣，你還是默默隱忍，委屈求全。

但一味地配合別人，也就等於一再地壓抑自我；你的委屈換來的並不是真正的和諧，而是一個粉飾太平的假面。你並不覺得快樂，只感到自我的分裂。這樣就算得到最佳人緣獎，於你又有什麼意義？

所以，不願意的時候，就明確地拒絕。

做一個讓自己喜歡的人，而不是扭曲自我來乞求別人的喜歡。

當你自在地表達真正的感覺的時候，別人看見的才是真正的你。

你也將發現，丟下了粉飾太平的假面，你不再分裂，你和你自己從此有了你要的和諧。

是的，親愛的，真正的和諧，是與自己的和諧。

也唯有先與自己和諧，也才能和別人之間和諧。

身分扮演

你的一生，其實就是一連串的身分扮演。

在這一刻，你可能是某某學校的學生或某某公司的職員；在下一刻，你可能是某某人的女兒、父母或兄弟姊妹；再下一刻，你可能是某某人的情人或朋友……

每一種身分之後都連結著一種責任。人生有時必須被處理的不是對快樂的追求，而是責任的完成。若能隨著不同的場景而迅速轉換不同的身分，並且沒有上一刻和下一刻身分的牽絆纏繞，是一種乾淨俐落的境界。

所以，尊重自己的每一種身分——該專心當學生或職員的時候就專心當學生或職員，該專心當情人或家人的時候就專心當情人或家人。如此，在一連串的身分扮演中，你才能有個不拖泥帶水的人生。

要幸福喔

你一直暗暗地羨慕著那個人，因為他似乎特別受到上天眷顧，家世、外貌、學歷、財富、地位，樣樣領先群倫，當然異性緣也優於一般人。

可是擁有一切，就真的快樂嗎？

他可能比許多人幸運，但幸運並不等於幸福。

幸運只是外在的順利，幸福卻是喜悅豐盈的內在狀態。

幸運來自上天的給予，幸福則要靠自己去創造。

所以，只要你更懂得認識自己，並且喜愛自己，那麼或許你不比他幸運，但一定可以比他幸福。

因此，要幸福喔，讓別人來羨慕你吧，何必去羨慕別人呢？

迴力鏢

你的心是一支迴力鏢，擁有不可思議的作用力。它總是從你發射出去，經過它自身的旋轉與變化，再飛回到你眼前來。

無論這支迴力鏢曾經有過怎樣的旅程，如果你的出發點是愛，那麼回到你手中的將是加倍的喜悅；相反的，如果出發點是恨，回到你手中的也必然是更濃烈的苦澀。

因此，當你付出了愛，你就得到了愛；當你因為懷恨而報復，往往只是讓自己更傷痛罷了。

聰明的你，好好去使用這支神奇的迴力鏢吧，讓它成為為你點石成金的仙女魔棒，而不是把你自己燒成灰燼的惡魔火把。

微笑使你成為一朵花

親愛的，其實你什麼也不必做，只要像一朵花一樣微笑，自然就會散發出獨特的芬芳。

所以，毋須去刻意討好任何人，別人反而會來親近你，因為你的存在本身就充滿了愉悅的香氣，令人不由自主地想要靠近。

就好像花兒從來不必走向蝴蝶，蝴蝶卻總是圍繞著花兒飛舞一樣。

微笑使你成為一朵花，一朵向著世界綻放的花。

別人的軟弱

你曾經遭遇過那種惡劣的背叛，曾經遭遇過莫名其妙的敵意、誤解與中傷，所以你也曾經對人感到徹底的失望。

親愛的，就像月亮也有陰暗的那面一樣，每個人都有他的軟弱，那樣的軟弱是被內在的陰暗左右的結果，於是在行為上也就會被負面的力量拖著走。

一個軟弱的人根本不知道自己在做什麼，也不會知道他的軟弱傷害了別人。

因此，看見了別人的軟弱，與其對他生氣，不如提醒自己，要常常照亮自己的內心，要以正面的思考趕走負面的力量。

親愛的，別人的軟弱是一面陰暗的鏡子，映照出你要更堅強也更光明的決心。

不必期待別人

對別人的期望，往往只是造成你對自己的失望。

沒有任何一個人可以真正如你所願，沒有任何一件事能夠永遠一成不變。

因為你生活在一個無常幻化的世界，若是把期望寄託在別人身上，只會讓你的心不斷地在不確定的快樂與悲傷之間擺盪。

當向外求走到了終點，你才懂得往內看的真諦。

所以，親愛的，如果沒有人送你一朵玫瑰花，那麼你就在心裡為自己種植一片玫瑰園。

愛己如人

你要如何愛人呢？就像愛自己一樣。
自己不喜歡聽的話，就不要對別人說。
自己希望得到怎樣的對待，就那樣對待別人。
你要如何愛自己呢？就像愛別人一樣。
你總是把美好的東西送給喜歡的人，那麼也就不吝惜送美好的東西給自己。
你永遠都願意原諒犯錯的他，那麼也永遠都要願意原諒犯錯的自己。
親愛的，你不但要愛人如己，還要愛自己如愛別人一樣。

動態迷宮

與人相處，就像走入一個動態迷宮。

因為雙方的互動是隨機的，彼此的心思是無常的，你可能不夠了解對方，甚至不夠了解自己，所以永遠也無法掌握下一刻的變化會是怎麼樣。

你可能在這個迷宮裡看見花或看見霧，也可能遇見獅子或遇見綿羊。你可能在這個過程裡覺得與對方心有靈犀，也可能只是迫不及待地想逃離。

但有趣的不也就在這裡？正因為永遠不知道下一步會如何，所以才值得你去探索。探索別人，也探索自己。

是的，親愛的，在認識別人的時候，其實你也認識了自己；當你進入這個動態迷宮，你也進入了自己的內心。

美麗很舒服

有些人很會妝扮，但內心空無一物，你不會覺得他美麗。

有些人長著一張精緻的臉，卻有著一顆自私的心，你也不會覺得他美麗。

有些人外表很樸素，但知道如何關心別人，你覺得他誠懇的眼睛很迷人。

有些人其實並不好看，卻很愛護小孩與小動物，你覺得他善良的心地很動人。

美麗，是發自內心的光華，不會隨著歲月的流失而流失，只會隨著智慧的增長而增長。

美麗很簡單，就是讓自己舒服，也讓別人舒服。

杓子

一個有破洞的杓子無法為人汲水，當你感到內在空乏的時候，也是無法愛人的。

所以，先滿足了自己，才有能力與別人分享。

所以，在幫助別人之前，必須先幫助自己成為一把有用的杓子。

親愛的，讓自己成為一個可以盛水的器具吧，當你的杓中滿溢，自然就知道如何給予。

敞開心裡的門窗

一個總是處於緊張，總是處於防衛狀態的人，就像一幢門窗緊閉的房子，風進不去，雨進不去，陽光也進不去。

一個總是面帶微笑，總是處於放鬆狀態的人，則像一幢蝴蝶與小鳥都樂於拜訪的房子，充滿了開朗的魅力。

親愛的，敞開你自己，有如一幢房子敞開每一扇門窗，讓風穿透，讓雨飄飛，讓陽光看顧每一個角落，也讓氣場可以流動迴旋。

這樣的你總是特別動人，別人也總是樂於親近。

都不是別人

因為傾聽別人的心聲，你聽見了自己。
因為關心別人的處境，你深入了自己。
每一個別人都是你的鏡子，你總是在別人的眼中看見自己的倒影。
所以，其實都不是別人，而是你自己。
親愛的，你總是在瞭解別人的過程裡，更瞭解了自己。

別再期待別人

你總是期待別人給你一些什麼。

或許是一句讚美，或許是一個禮物，或許是一抹微笑，或許是一份感情。

總之，你總是期待從別人給你的那一些什麼得到對自己的肯定。

沒有得到的時候，你悶悶不樂；得到以後，你卻又覺得若有所失。

親愛的，你知道嗎？無論得到還是沒得到，期待別人一定會給你帶來痛苦，因為那是把讓自己快樂的權力交付出去。

別人可以給你的，別人也就可以收回去。

然而，除了自己，誰是你快樂的泉源呢？

所以，親愛的，別再期待從別人那裡得到什麼了。

當你不再期待別人讓你快樂，你才能得到真正的快樂。

做一個幽默的人

你覺得諸事不順，看所有的人都不順眼，也懷疑所有的人都看你不順眼。

親愛的，你正處於低潮的階段，但你何必為了小小的不順心而殃及自己的人際關係？

復原心情的秘訣之一，在於喚醒你潛藏的幽默感。

一個幽默的人，具有把悲劇轉換為喜劇的力量，而幽默的第一步，就是懂得自嘲。

自嘲並非貶低自我，而是用一種趣味的角度看待發生在你身上的種種。

幽默，是發自內心的輕鬆，而且只在一念之間。

戴上幽默的眼鏡看四周，你會發現，煩惱變小了，世界卻變大了。

純屬虛構

你常常在當編劇，可是你不自覺。

你常常在編織讓自己不開心的情境，可是你沒有意識到，一切只是自己在製造。

例如，擦肩而過的同學或同事未能給你一個笑臉，你就懷疑你是不是得罪他了？

例如，情人因為臨時有事而取消了與你的約會，你就擔心他是不是不愛你了？

接下來你開始尋索種種蛛絲馬跡，愈想愈覺得形跡可疑。於是你就這樣說服了自己，任一顆心漫漶在猜忌與失落的泥塘裡。

其實什麼都沒有發生，只是你給自己編了一齣內心戲，而且還自導自演。

所以，親愛的，入戲太深的時候別忘了提醒自己：一切純屬虛構。

質數加一

你說，你覺得自己像是一個5，或是一個7，或是一個11，總之是個質數，只能被1或自己整除，能得到的答案也永遠都是1或自己。一直都是自己一個人。你說自己像一個質數一樣孤獨。

親愛的，那麼就再加上一個1吧，變成6或8或12，這樣就能有其他除數加入，答案也有了其他的可能。

那個1，可能是一點愛自己的能力，或是一點對別人的關心。只是多一點點而已，孤獨的將不再孤獨，質數也不再是質數。

你的世界由你決定

同樣的一個月亮，落在不同的水面會產生不同的倒影，同樣的一件事情，因為不同的角度就有了不同的認知。不同的認知產生不同的做法。不同的做法衍生不同的命運。心愈寬廣，世界愈大。你的世界由你決定。

懂得寬容別人並且學會放下，心裡的那片月影才會清澈美麗。所以，親愛的，別把自己困為一條陰暗無光的溝渠，要讓自己成為一片波光蕩漾的江河。

回歸內在的自己

有時候，你會覺得這個世界上彷彿只剩下你一個人。親人愛人，友人仇人，還有擦肩而過的陌生人，好似都只是飄忽的幻影。

總是在這樣的時候，你會感到巨大的寂寞。

可是，親愛的，在這個世界上，真的也只有你自己，再沒有別人了。

因為每一個別人，都映照出你的一部分。

因為每一次和別人的對應，都是和你自己那個部分的對應。

所以，親愛的，無論你遇見的是什麼人，最終都要回歸那個內在的自己。

然後，你將知道，所謂寂寞，也只是一種幻覺而已。

百合花露水

許多時候，你不能原諒別人，其實是因為無法原諒自己。
無法原諒自己給別人傷害你的機會。
無法原諒自己曾經有過那樣一段難堪的時光。
於是你把對自己的不滿，全都轉向為對特定對象的恨意；可是在潛意識裡，你才是自己耿耿於懷的對象。
然而，當你原諒了別人，你也就原諒了自己。
原諒自己所受的傷。
原諒自己有過那樣一段時光。
親愛的，當你願意原諒，那就像被百合花露水清洗過一樣，有一種芬芳充實了你的內在，有一種甘甜潔淨了你的靈魂。
於是，你釋放了舊的自我，得到了新的自由，也開成了一朵百合花。

和自己在一起

親愛的，你喜歡獨處嗎？

如果你喜歡自己，就會喜歡單獨和自己在一起。

而一個喜歡自己的人，才有能力去喜歡別人，喜歡這個世界。

相反的，一個無法獨處的人，往往是給別人添麻煩的人，也是讓這個世界感到困擾的人。

你需要多少時間和別人相處，就需要多少時間獨處。

獨處的你，像一隻安靜的貓，也像一朵自在的花，不需要和誰說話，只是感受著自己的氣息與芬芳。

獨處，是為了內心的強大做準備。

而內心強大的人，才能柔軟地對待自己也對待別人。

與自己的關係

當你和別人的關係發生了問題，親愛的，就回到你與自己的關係來尋找答案。

看看你與自己的關係出了什麼狀況？是不是你不夠相信自己？是不是你不夠愛自己？是不是你把別人的問題當成了自己的問題？

那麼，學著完全相信自己，學著無條件地愛著自己，並且不要把別人的問題當成了自己的問題。

親愛的，再沒有誰與你自己的關係更重要，當你與自己和好，其他美好的關係自然會來到。

國家圖書館出版品預行編目資料

朵朵相遇小語：每一個別人，都照見了自己 / 朵朵著. -- 初版. -- 臺北市：皇冠, 2020. 04
面；公分. --（皇冠叢書；第 4832 種）(朵朵作品集；12)
ISBN 978-957-33-3522-1（平裝）

863.55　　　　109003083

皇冠叢書第 4832 種
朵朵作品集 12

朵朵相遇小語：每一個別人，都照見了自己

作　　者—朵朵
發 行 人—平雲
出版發行—皇冠文化出版有限公司
臺北市敦化北路 120 巷 50 號
電話◎ 02-27168888
郵撥帳號◎ 15261516 號
皇冠出版社（香港）有限公司
香港上環文咸東街 50 號寶恒商業中心
23 樓 2301-3 室
電話◎ 2529-1778　傳真◎ 2527-0904
總 編 輯—許婷婷
責任編輯—蔡承歡
美術設計—嚴昱琳
著作完成日期— 2020 年 3 月
初版一刷日期— 2020 年 4 月

法律顧問—王惠光律師

讀者服務傳真專線◎ 02-27150507
電腦編號◎ 573012
ISBN ◎ 978-957-33-3522-1
Printed in Taiwan
本書定價◎新臺幣 340 元 / 港幣 113 元